칠 일 이 혼 돈 사

고 형 렬   장 시

칠 일 이 혼 돈 사

七 日 而 渾 沌 死

달아실

이 트로폴로지아의 시는 연민과 변명이 아닌 희망과 원진(怨嗔)의 기록이다

서시

그때 나는 죽었나 보다, 너는 먼 동쪽 백사장의 모래알 사이로 아기 해처럼 돌아오고 있다

지금 모든 것을 잃어버린 체 작은 유리상자 하나 등에 짊어지고 저 문명의 마지막 언덕을 넘는다

어젯밤 밤 산은 불을 켜지 않았다

*

태피스트리를 만드는 디옥시리보 핵산의 긴 사다리가 카시오페이아 좌에 걸려 있다, 우리는
다시 너의 눈썹에서 태어나려 한다, 얼마 남지 않는 미래의 끝에서 지구의 해가 진다

아, 감귤빛 석양의 풀잎 사이, 살지 않은 한 채의 말사(末寺)

현판처럼

*

죽음은 태양도 기억하지 않기에 죽은 친구여, 살았던 기억이 없어라, 이미 나는 죽은 것 같다

어느새 가을, 열 손가락에 날개를 달고 깃을 쳐라, 그들도 어쩜 다 살고 이미 떠났을 것

그런데 누가 없는 나를 계속 생각하는가

시인의 말

무슨 연유로 혼돈의 죽음은 잠들지 못하는 것일까. 아직 풀리지 않은 의문의 '칠일이혼돈사'는 나의 청춘의 꿈이고 반성의 주체였다. 십 대 후반을 남해안에서 떠돌다 스물하나에 대진에서 만난 장자를 기억하면 이 여섯 글자는 입 안의 어금니와 같다. 외진 시골의 사거리에 있는 오래된 정육점이나 중화요리점처럼 사라지지 않는 화두였다.

그 거리에 가끔 가을비가 뿌리거나 눈발이 날리거나 산에서 봄의 맨발이 뛰어오는 것을 보면 나는 견딜 수가 없었다. 내 안에서 전율적으로 태동하는 혼돈에 대한 살아 있음의 절규가 들려왔다. 모든 길이 안팎 사방으로 구멍이 뚫리고 뛰쳐나간 내부는 하늘과 땅, 늪과 바람이 성히 소통하는 것 같지가 않다. 마음에 들지 않는 것은 버려지거나 떠나면 그만일 것이다.

잊히지 않았기에 말해야 하는 책무가 있었는지 지난 15년간 집필한 '에세이 장자'의 〈응제왕〉 편 일부를 발췌해서 마음속에 침잠해 있던 그 미제 사건을 이렇게라도 풀어내야 했다. 정통적 문학의 구성방식을 두고 주인공들과 화자가 고대와 오늘을 오가며 의문하고 상상하는 문답 형식을 취한 것은 이 같은 기록에 창작이란 이름의 픽션이 거북했기 때문이었다.

애잔한 마음으로 아직 거리에 제설한 눈이 허리께까지 쌓여 있던, 바다와 산이 한눈에 보이는 미시령로 가에서 삼 년 반 동안 혼자 지냈다. 증명이 불가한 이 상상의 말들이 오히려 충만한 시간을 제공했고 매일 자신도 모르는 세계와 존재를 마음속에 모실 수 있었다. 시의 기조를 떠받쳐준 것은 볼 때마다 저녁 같은 속초의 일출과 더불어 모든 그림자를 바다로 돌려보내는 아침 같은 설악의 일몰이었다.

겨우 눈과 귀와 코와 입이 뚫려 있는 벌레에 불과하지만 나는 혼돈에서 아주 떠나는 것은 아니다. 말이 게으른 것을 보고 소(는 이미 들판 어디에도 없지만)가 미워하고 울어대며, 호랑이(도 설악산에 없지만)가 싫어하는 것을 알면서 새벽에 우는 닭을 사랑한다. 이미 어떤 마음들은 자기 생과 현실 세상과 종언했으며 협소하고 누추한 진창 속에 던져진 내 영혼의 뼈는 아무렇게 뒹굴고 있다. 늦은 감이 있으나 그곳에 버려진 그 혼돈들의 이름을 불러본다.

이 장시 또한 다 살지 못하고 다 보지 못한 것에 대한 쓸데없는 나의 과민한 근심이 꿈꾸고 더듬은 미완의 한 비망록이다. 나는 "너는 오늘도 또 어떤 혼돈의 구멍을 뚫고 있는가, 나도 오늘 구멍이 뚫리고 있다"고 말하면서 파괴되어가는 자연과 나를 직시하고 위로한다.

2024년 10월 속초에서 고형렬

발단

이 장시는 장자(莊子)의 칠원서(漆園書)*의 다음의 65자(字)

南海之帝(火德)爲儵(叔)北海之帝(水德)爲忽中央之帝(土德)爲渾沌. 儵
與忽時相與遇於渾沌之地. 渾沌待之甚善. 儵與忽謀報渾沌之德. 曰 人
皆有七竅. 以視聽食息. 此獨無有. 嘗試鑿之 日鑿一竅 七日而混沌死.

다음으로 이어지는 아래 최종구 10자(字)에서 시작한다

일착일규(日鑿一竅) 칠일이혼돈사(七日而渾沌死)

---

* 저자가 별도로 지은 장자(莊子)의 책명(冊名)이며 이상의 75자는 필자가 텍스트로 삼은 『남화경직해(南華經直解)』에서 인용했다.

칠규(七竅)

사람은 모두, 일곱 구멍이 있다. 그것으로
보고, 듣고, 먹고, 숨을
쉰다.

人皆有七竅. 以視聽食息.

1. 일곱 구멍이 없는 혼돈

1

빠르고 검은 남해의 숙(儵)과 소홀하고 돌연한 북해의 홀(忽)이 말했다

남해의 숙 임금과 북해의 홀 임금 혼돈에게는 칠규가 없습니다!

칠규란 보는 눈의 두 구멍과 듣는 귀의 두 구멍과 먹고 말하는 입의 한 구멍과 숨 쉬는 코의 두 구멍이다

이것은 장자가 직접 들은 말일까, 누구로부터 전해 들은 말일까?

아니면 환영이었을까? 예시였을까?

2

산해경(山海經)』의 「서산경(西山經)」에 이목구비가 없는 한 혼돈이 살았다고 전한다

천산(天山)이 있는데 이 산에서 영수(英水)가 흘러 내려와 서남쪽의 양곡(暘谷)에 흘러들었다

그 양곡에 다리가 여섯이고 날개가 넷인 혼돈(渾敦)이라는
신비한 생명체가 살고 있었다

3

이 양곡[暘谷, 탕곡(湯谷)이라고도 함]은 요의 시절에 와서 해
가 돋은 곳*이란 뜻으로 지은 지명으로

우이(嵎夷, 평화로운 산모롱이, 시경, 회남자에 나옴)라는 동
쪽 바닷가에 있는 마을을 가리킨다

공교롭게도 황제의 이름을 붙인 헌원(軒轅)이라는 언덕이 있
는 곳으로부터

서쪽으로 300리, 서쪽으로 또 200리, 다시 서쪽으로 280리

또 서쪽으로 300리를 가서

다시 서쪽으로 200리 다시 또 서쪽으로 220리 가서

다시 190리를 더 가서 다시 350리 되는 곳에 천산(天山)이
있었다

---

* 해가 지는 곳은 우곡(禺谷)이다. 과보는 어느 날, 우곡으로 가는 해의 그림자를 따라잡으려고 뛰어가다가 목
이 말라 황허 강[황하(黃河)]과 웨이허 강[위하(渭河)]의 물을 다 마셨다. 그래도 갈증이 그치지 않아 북쪽에 있
는 대택(大澤)의 물을 마시려 해를 따라가다가 중간에 목이 타서 죽었다.
과보는 치우(蚩尤, 아주 어리석다는 뜻)가 황제와 싸울 때 그를 도와 싸웠다. 머리가 동으로 되어 있고 이마에
긴 뿔을 가진 사나운 치우는 탁록(涿鹿) 전투에서 포살(捕殺)되었다. 이로 인하야 황제의 시대가 열렸다. 과보
와 치우는 농업과 의학, 불의 신인 염제(炎帝)의 계보였다.

4

여덟 개의 산을 넘어야 하는 아주 먼 서쪽

그 생명체는 모양이 황낭(黃囊, 누런 자루) 같은데 빨간 불꽃
〔단화(丹火)〕 같은데
여섯 개의 다리와 네 개의 날개가 나 있었다

그의 이름이 혼돈(渾敦)이었다

5

그는 얼굴이 없었다〔혼돈무면목(渾敦無面目)〕 그러니까 머리
가 없었다
눈구멍과 귓구멍과 콧구멍과 입구멍이 있을 리 없었다

이 황낭(黃囊, 누런 자루)의 또 다른 이름은 제강(帝江)이었
다, 즉 강의 임금이었다

그런데 기이한 것은 이 제강이 가무를 이해할 줄 알았다

눈구멍과 귓구멍과 입구멍이 없는 육족사익(六足四翼)의 춤
이라! 사실 그는 모든 소리를 다 듣고
노래하고 춤출 줄 알았다

6

혼돈도 감정과 음률을 가지고 있었다

정말로 그런 혼돈들이 있었던 것일까? 잘 믿어지지 않지만 이 지구에

그런 생명체가 없었을 리가 없다

단지 그들은 사라졌으며 사라진 것들은 변명하지 않는다, 그리고 멸종한 생명체들은

다시 이곳으로 돌아오지 않는다

바람과 물결 소리에 맞춰 기이한 춤을 춘다면 언제 어디서라도 찾아가

그와 함께 영수의 물가에서 함께 놀고 싶지 않겠는가!

7

그러한 이목이 없는 기이한 생명체들을 누가 다 죽였을까? 그들은 모두 사라지고

이목구비를 잘 갖춘 반듯한 것들만 이 지상에 남아 살고 있다

어떤 존재들이 그 생명을 죽이고 그들이 살던 소중한 곳까지 모두 파괴하고 말았다

그러고도 그들은 넘지 말아야 할 어떤 절대적 한계선을 짓밟으며 계속해서 넘어왔다

인간의 춤이 아무리 뛰어날지라도 황랑 제강의 춤을 따를 순 없을 것이다

8
덧없지만 한 가지 덧붙이자면, 이 제강이 사는 곳에서
서쪽으로 290리만 가면 유산(泑山, 잿물의 산)이 있었다, 이 산에서 서쪽으로 해가 들어가는 곳이
바라보인다고 했다

아, 그립다, 그 저녁놀이 둥글게 물드는 것[기기원원(其氣員圓)]은
홍광(紅光)이라는 신이 만드는 것이라고 하는데, 아마도 제강은 그 아름다운 황혼에 춤을 추다가
들어가 몸을 누이고 잠을 잤을 것이다

그리운 나,

그의 잠은 우주가 되었을 것이고, 자신이 있는지도 모르고 잠을 잤을 것이며
제강은 그 홍광이란 신을 만나고 싶어 하지 않았을까?

9

그 혼돈이 다름 아닌 우리 자신이었음은 의심의 여지가 없을 것이다, 정말 그런 때와

혼돈의 아름다운 자아가 있었다(?!)

그래서 무아(無我. 이 시를 말하는 화자 이름)는 그 혼돈들의 실존을 믿는다

그런데 이 혼돈(渾敦)은

제홍씨(帝鴻氏, 황제, 헌원)의 못난 아들로 의로운 사람을 가로막았다 하는데

사실이 아닐 것이다

순(舜)이 군사를 일으켜 혼돈과 도철(饕餮), 도올(檮杌), 궁기(窮奇) 등을 축출했다

자기들과 닮지 않은 타자를 살해하고 자기들에 동조하지 않는 자들을 척결했다

10

아름다운 제강이었다

하지만 곳곳에서 잔인한 혼돈 살해가 자행되고 헤아릴 수 없는
생명체들이 멸종했고 멸족했다

그 땅(혼돈)은 궁발(窮髮)이 되었다

예컨대 북쪽의 대황북경(大荒北經)에서도 살육이 자행되었다

머리가 아홉이고 몸이 뱀인 상류〔相柳, 상요(相繇, 함께 부역함)〕
는 자신을 휘감고 살았다

아홉 머리의 아홉 입은 각각 아홉 군데의 산의 것을 먹었다, 그
가 토하거나 머물렀던 곳은 곧장 늪이나 시내〔택계(澤谿)〕가 되었다

오곡은 물론 어떤 짐승도 그곳에서 살 수 없었다

그것 때문에 황제의 고손자인 우(禹, 벌레) 임금이 그를 죽였다*

11

이곳에 한 가지 의문이 있다

* 해외북경(海外北經, 바다 밖의 북쪽)에는 홍수가 빠지지 않자 상류(相柳) 때문이라 생각한 우 임금은 그를 죽
였는데 비린내가 그치지 않았다. 우 임금은 그것을 막으려고 세 번 흙을 채웠지만 세 번 물에 잠겼다〔삼인삼저
(三仞三沮)〕. 그곳을 못으로 만들었고 여러 임금이 그 동쪽에 네모난 누대를 세웠는데 귀퉁이마다 뱀이 있었다
고 한다.

그곳이 곤륜〔昆侖, 崑崙, 이는 혼륜(混淪)과 같으며 둥근 모양, 하늘, 궁륭이며 본래는 소용돌이, 회오리 등 혼
돈(混沌)의 뜻이었음〕 북쪽인데 그쪽을 향해 감히 활을 쏘지 못했다고 한다. 또 남해안의 내륙〔해내남경(海內
南經)〕에 코끼리를 잡아먹는 몸이 알록달록한 파사(巴蛇)란 뱀이 있는데 삼 년 뒤에 그 코끼리 뼈를 토해놓았다
(三歲而出其骨)고 한다. 중심 바깥엔 이러한 혼돈의 생명체들이 살고 있었다.

혼돈이 자신의 몸을 굴착하러 들어오는 두 임금을 거부하지 않았다는 점이다

그러나 그것은 사실이 아닐 것이다

혼돈이 자기 목숨을 맡길 정도로 그 끔찍한 일곱 구멍이 부러웠을 까닭이 없다

그 일곱 구멍에 현혹됐을 혼돈이 아니었을 것이다

12
착규(鑿竅)는 자연의 궁극에서 본다면 허무하고 쓸데없는 공사였다

혼돈에게 구멍을 내주고자 하는 임금의 마음이 진심이더라도 그것은 무지이자 탐욕이었다

백번 생각해도 중간에 뜻하지 않은 일이 발생했다면 잘못이 없는 것은 아니다

그 운명은 황제라도 피할 수 없다

13

죽을 수도 있다는 생각을 했을 텐데, 얼마나 그 칠규를 주고
싶었으면

두 임금은 그와 같은 어마어마한 짓을 감행했을까?

하지만 우리도 그들의 속마음을 들여다본 적이 없이 반(反)
혼돈의 길을 쫓았을 뿐이다

14

감각계와 안면골, 소화계, 호흡계를 활동시키려는

칠규의 끔찍한 대수술!

그 광명한 세계가 과거와 현재 미래를 벗어난 시간에서 본다
면 과연 그들에게 어떤 의미와 가치가 있는 것일까?

15

혼돈의 마음에 칠규에 대한 욕망이 있었을까? 그 눈구멍과
귓구멍, 입구멍 등을 가지는 것이 꿈이었을까?

혼돈이 목숨을 걸고 얻어야 할 정도로 대단한 것이었을까?

아니면 혼돈이 제왕들의 어리석음을 유혹하고 자신에게 없는 중앙의 땅에 구멍을 뚫게 했을까?

그들의 야망을 폭로하고 스스로 희생된 것일까?

16

아닐 것이다, 결코 그럴 순 없는 일이다

혼돈은 그래야 하는 이유와 목적이 없는 존재였다, 황제의 달콤한 말에 속아 넘어갈 존재도 아니었다

더구나 그는 입도 혀도 치아도 경구도 성대로 말도 가지고 있지 않았으니 말이다

2. 지금, 한 무아(無我)의 과거상상

17

미궁에 빠져 있는 2,400여 년 전의 한 문장이 아직도 해석되지 않았다

놀라운 일이다

그 착굴(鑿掘) 사건 자체도 그렇고 그 문장 자체도 오리무중에 갇혀 있다

그 칠일이혼돈사를 누가 말했는지도 밝혀지지 않았다는 것을 사람들은 의심하지 않는다

18

그것은 꼭 장자가 한 말이 아닐 수도 있지만, 장자 역시 그것을 암시하지 않았다

누가 전해준 말이었을까? 자신이 남긴 말이었을까?

자기 통제였을까? 무서운 감시의 눈길이 바로 곁에 있었던 것

은 아니었을까?

왜 바람과 늪, 하늘과 땅은 침묵하고 있었을까?

19
두 발목을 넣은 차꼬를 찬 죄인처럼 모든 진실은 의문 속에
갇혀 있다

아마도 그것은
『산해경(山海經)』에 나오는 「서산경(西山經)」의 첫 번째 산
전래산부터 시작해서 서차사경의 엄자산까지의 모두 일흔여
덟 개의 산을 넘어 17,521리를 가도
찾을 수 없는 의문이 되었다

그러니 남산경과 북산경, 동산경, 중산경을 다하면 그 거리가
얼마며 그 산이 몇 개일까?

20
일흔여덟 개의 산 일만 칠천오백여 리도 어떤 과학적 수학적
계산으로 접근할 수 있는 산과 거리가 아니다

무량수의 마음이고 빛이고 어둠이다, 광막지야를 잃고 빼앗
긴 친구들이여!

이미 떠나고 없는 혼돈의 생을 무아는 더듬는다

21

장자의 두뇌와 심장 속은 복잡한 해마와 심리와 사구체, 의지와 결의 그리고

지혜와 모의, 탐욕과 어리석음과 희생과 자비, 숙명, 권력, 은혜 같은 것들이 함께 뒤섞여

파도치며 흘러가는 바다인가?

칠일이혼돈사는 단순한 살해가 아니다, 은혜 갚기의 살해도 아니다, 그렇다고 원수갚기도 아니다

오직 완전한 살해가 된 이 여섯 글자만 뇌리를 떠나지 않을 뿐이다

22

이제 무아는 그 불가역의 혼돈 살해사건이 벌어질 고대의 현장을 오갈 것이다

여기서 무아는 한 시인과 함께 과거상상을 해야 한다, 죽은 자들은 어쩔 수 없지만…… 그 살해는,

도대체 어떤 목적을 감추고 있는가? 혼돈을 죽여야만 그들의

시간이

　　조직과 결합과 지혜와 함구로 그들이 바라는 공허한 미래로
향할 수 있었던 것일까?

　　그러나, 그래서 혼돈의 죽음으로 대미를 장식하고 붕새로 새
로운 비상의 생을 열었던 것일까?

　　23

　　남해와 북해에 대한 혼돈의 융숭한 대접은 결국 혼돈의 은혜
에 보답하는 일곱 구멍을 뚫는 잔혹한 착규를
　　불러왔다. 어떤 보호자도 옹호자도 없는 혼돈에 가한 그 참
혹함은
　　『칠원서』의 맨 끝에 절벽으로 단절되었다

　　숨겨진 잔인한 역사의 은유!

　　24

　　임금이 임금을 죽인, 두 임금이 한 임금을 죽인, 두 사람이
한 사람을 죽인 이 인류사적 살해는
　　누군가에 의해 영원히 밝혀지지 않도록 유기(遺棄)되었다

　　어떤 연유였는지 알 길이 없지만, 장자도 그 사건에 속해 있
던 한 사람이었을지 모른다

다만 구전이든 해체든 매장이든 견딜 수 없는 탐구의 정신이 이 비극에 대한 한 문장의 짧은 예시를 남겼다

그것이 육 자(六子) '칠일이혼돈사(七日而渾沌死)'이다

25
이 혼돈사의 칠 일은 단순한 칠 일이 아닌 실로 피비린내 나는 난괘(難卦)의 시간이었을 것이다

그것은 아직도 이루어지지 않은, 저 수평선의 난바다처럼

아직 우리에게 오지 않고 머뭇거리기는, 그러나 반드시 오고야 말 유예의 시간일지 모른다

26
계속 그 시간이 유보될수록 혼돈의 땅은 불안 속에 갇힐 것이고, 아무도 그 시간 너머
심연의 수평선 너머 무엇이 있는지 알 수 없게 된다

그렇다면 이 지구는 아직도 혼돈사를 겪지 않은 과거 속에 머물러
어딘가로 가는,

그러면서 우주의 한 공간에 갇혀 있는 하나의 혹성(?), 그러나 이미 이 우주 혼돈의 어느 한쪽 눈은
구멍이 뚫린 것이 아닐까?

다시 그 의문은 살별처럼 밤의 창공을 스쳐 지나간다

27
어떤 이들은 귀가 없어도 자연과 하늘의 음악을 들었으니 그들이 하는 말을 못 들었을 리가 없다고 주장한다

혼돈이 칠규 제의에 동의했는가, 동의하지 않았는가, 묵과했는가, 하는 등의 불확실성에 대한 의혹 제기를 앞세워
혼돈의 죽음을 왜곡하고 그 진실을 유보시키고 있다

인류가 모두 그 반(反) 혼돈의 길로 향해왔기 때문이다

어쩌면 칠일이혼돈사는
그 고대에서 오늘이라는 미래로 향해 던지는 질문이 아니라, 더 먼 과거로 향해 열려 있는 어떤 의혹일지도 모른다

그러나 이 이야기는 그 과거로 갈 수 있는 길은 가지고 있지 않다

3. 비밀과 공포의 모부(謨府)

28

사람은 두 눈구멍으로 만물을 보고 두 귓구멍으로 보이지
않는 소리를 듣고 또 하나의 입구멍으로 음식을 먹고 말을 하
며

두 콧구멍으로 숨을 쉰다

이것이 사람 모두에게 있는 일곱 구멍이다

이 중앙 임금의 혼돈에겐 이 구멍이 없었다, 두 임금은 그것
에 커다란 의혹을 가졌다

29

혼돈은 그런 것 없이도 아무 불편이 없었지만
두 바다의 임금은 그것을 만들어주면 혼돈의 임금이 지금보
다 더 편리하고 행복할 것이라고 믿었다

정말 그랬을까?

그것을 만들어준다는 것은 자연에 반하는 행위로써 예상하

지 못한 일이 벌어질 뿐 아니라

성공하지 못할지도 모른다는 것을 그들은 전혀 예상치 못했던 것일까?

30

두 제왕의 모부(謀府)는 혼돈에게 사람의 이목구비로 통일시키려고 했다

즉 생명체를 개조하려 했다

이렇게 되면 모든 혼돈은 인간의 지혜와 풍습을 따를 것이다, 그들이 인간처럼 생각하며 살아갈 것이다

그것은 혼돈을 인간화하는 것이었다

이것은 이 우주 자연에 지금까지 없었던 항상 무언가를 해보려고 하는 인간의 본능이었다

그것은 무서운 모부의 작동이었다

31

권력이란 마음만 먹으면 못 할 것이 없는, 언제나 위험한 발단이고 음모의 곳간이었다

보고 듣고 말하는 것이 생기는 것은 혼돈이 죽는 것임을 두 임금은 과연 몰랐을까?

이 지상에서 가장 비극적이고 슬픈 일이 이곳에서 발생하고
있었다

남해 먼 곳에서 혼자 생각하는 숙 임금의 생각이 북해의 하
늘에 가서 홀 임금의 귀에 우레 같은 소리로 울렸다

그 둘은 이미 내통하고 있었다

32
지혜로 가득 차 있는 의문의 두 임금은 혼돈을 만나보자 그
에게 눈구멍과 귓구멍 등이 없다는 것을 다시 확인했다
즉 없다는 것을 알게 됨으로써 그것을 만들어주고 싶은 충동
은 더 강하게 불타올랐다

자신들에게 있는 것을 주고 싶었다, 즉 베풂을 받은 자에게
베풂을 주고 싶었다, 특이할 것도 없는 자애의 욕망이었다

그러나 그 작은 의혹과 욕망은 위험한 난처(難處)를 만들기
마련이었다

33
지주(知主)가 모부(謀府)를 만들고 모부가 사임(事任)을 행하
려 했다

두 임금은 혼돈에게 입과 귀 등에 구멍을 만들어주고 나면 천하의 명예를 얻는다고 생각했다

자연과 모든 인간과 생물로부터 하늘과 같은 동등한 믿음과 존경을 받으리라 믿었다

남해의 숙 임금과 북해의 홀 임금의 마음속에 들리는 말 우리 둘이 한번 저 혼돈 임금에게만 없는 일곱 구멍을 뚫어주도록 협조합시다!

34

우주가 미처 열지 않고 봉해놓은 혼돈에게 감히 구멍을 뚫는 것이 그들로서는 자연을 재창조하는 기념비적 대사업이었지만

지금 이곳에 없는 무아와 같은 혹자에겐 그 순간이 바로 반우주적 재앙이었다

눈구멍과 귓구멍은 한정된 열림이고 지혜였다

세상에 눈구멍을 만들 수 있다니! 게다가 귓구멍을 만들고 숨구멍도 만들 수 있다니!

35

두 임금은 그에게 그것이 없다는 것을 다른 사람들에게 말하지 않았다. 때문에 둘만 알고 있는 비밀 정보였다

어떻게 둘만이 이 비밀을 알고 중앙 임금의 혼돈을 찾아왔을까!

이 역시 지금도 알 수 없는 일이다

36

문득 무아는 두 임금 곁을 지나가면서 이 두 임금이 사람이 아니라는 생각이 들었다
그들은 인간의 얼굴을 쓰고 있는 것 같았다

무서운 생각이 스쳐 지나갔다

그 가면 안에 누가 있는 것일까? 그들은 대체 누구일까? 이 것 역시도 이곳으로 돌아와서 돌아봐도
알 수 없는 일이었다

37

위장한 두 임금의 얼굴을 무아는 볼 수 없었다. 얼굴을 보려고 돌아가면 그들은 어느새 돌아서 있었다
알 길 없는 두 심연의 마음이, 그들의 북해와 남해에서 움직

이고 있었다. 수평선 너머의 거대한 해양의

물결이 두 임금의 마음을 조종하는 것처럼, 그들은 무엇인가
를 감지하고 있는 듯했다,

그들은 아무래도 인간의 탈을 쓴 해신(海神)들 같았다

38

남해의 숙 임금과 북해의 홀 임금이 어슬렁거리는 혼돈의 땅,
중앙(中央)

그 혼돈의 땅인 중앙의 임금을 남해와 북해의 두 임금이 죽
였다는 장자의 고발로
그 세계는 더 밝아져야 했을 것이다,
그러나 이 세계와 인간의 마음은 그 밝음만큼 어두워지고 있
었다
두 임금과 혼돈의 음모와 착규는 시간이 갈수록 더 복잡해
지고 난해해졌다

그곳엔 우리가 전혀 모르는 포티노 같은 초대칭(그래비티
노 gravitino, 가상적 소립자, 중력미자)의 존재가 있는 것일
까?……

39

아무래도 이 두 임금의 인류는

혼돈의 죽음으로 인하여, 영원히 이 우주 궤도 속에서 쉴 곳을 잃게 될 것 같았다. 어쩌면 그들은

죽음조차 쉴 수 없는 곳으로 만들지도 모른다. 최후에 그들의 간절한 탄원은

'죽어서 쉴 수 있는 권리를 돌려달라'고 외칠지도 모른다

40

알 수 없는 암시의 종언이 그때부터 있었다

저쪽에서 삶을 끝내고 어리둥절, 의문 없이 죽음 속으로 다가오는 우리의 모습들, 낯익은 사람들, 이름들,
끈으로 이어진 골육의 사람들

눈과 귀, 코, 입의 구멍이 없는 저 혼돈에게 정말 그렇게 할수 있을까, 누가 그 삶과 죽음을 인식할 수 있을까?

남해와 북해의 두 임금은 누구이고 중앙의 임금은 누구이며 혼돈의 땅은 어디 있는가?
먼 곳에 있는 우리는 과연 또 누구인가?

41

혼돈의 죽음 속은 아무것도 없는 무(無)인가, 죽음은 삶의 더 고요한 쪽으로 옮아가는 이월인가? 삶은 수평선 너머 무관한 세계인가?

그럴 리 없겠지만, 우리는 어느 순간의 그 너머를 알 수가 없다

혼돈의 영은 이미 사라졌지만, 혼돈의 죽음은 존재한다(!?) 그렇게 말하고 싶은 살해 현장을 무아는 다가간다

아직도 희미한 그들의 그림자가 남새밭과 연립주택의 벽에 지나가고 있기 때문이다

4. 십모(十母)와 십이자(十二子)의 변화

42

음과 양은 대립의 이면에서 공생할 수밖에 없고 복잡한 한계
안에서도 여러 갈래의 음과 색을 만나고 헤어지면서
　계절의 노래가 되어 흘러간다

　생의 유년은 그곳에서 수많은 감각을 반짝이며 노년의 눈동
자는 그곳에서 빛의 이면과 흰 바닥이 된다

43

18세기 초, 청나라 서도〔徐道, 서유기(徐有期) 소주(蘇州) 의
술인〕가 지은
　『역대신선통감(歷代神仙通監)』에는
　역대의 신선, 조사, 성현들과 함께 반고(盤古)가 등장한다

44

갑을병정의 양(陽)인 천간(天干)과 마주한 자축인묘의 음(陰)
인 지지(地支)는 동물의 명칭이 아니라
　반고의 열두 아들의 이름이었다

이 책은 물론 장자의 『칠원서』가 출간되고 2,000년의 세월이 지나 간행되었다

그토록 먼 후대까지도 전국시대의 혼돈사와 삼국시대의 반고가 새로운 모습과 언어로 이어져온 것은,

비극적 세계관을 개벽하고 초극하려는 인간의 의지와 꿈 때문이었다

꿈은 새로운 꿈을 꾸고 보강하고 그리고 부서져갔다, 혼돈처럼 반고처럼……

45

혼돈은 다시 돌아올 수 있는 지혜와 생명이 아니었다, 그러나 그는 필사가 아니라 불멸이고 싶었다

반고는 장자 이후에 창조되었음에도 장자 때보다 더 까마득한 과거의 이야기를 펼쳤다

개벽의 시조인 반고씨〔盤古氏, 혼돈씨(混沌氏)라고도 함〕가 이 세상에 처음으로 나타나 천지를 열고

나라를 세워 다스렸다

아주 후대의 책이지만, 『사요취선(史要聚選)』〔1648년 권이생(權

以生) 편집」「제왕편(帝王編)」에도 비슷한 기록이 있다고 한다.

46

담담하고 소박한 반고의 장남인 천황[지갱(地鏗), 성은 성구씨(成鳩氏) 혹은 일씨(一氏), 천령(天靈)]이 간지(干支, 천간과 지지)를 발굴했다

그것은 혼돈의 땅과 하늘 속에 있는 운행과 비밀의 질서를 기호화한 것이었다

하늘에 있는 천간의 10모[十母: 간(干), 하늘: 갑을병정 무기경신 임계(甲乙丙丁戊己庚辛壬癸)]와

땅에 있는 12자[十二子: 지(支), 땅: 자축인 묘진사 오미신 유술해(子丑寅卯辰巳吾未申酉戌亥)]를 만들어

하늘과 땅을 구분했다

이 간지가 오행의 잔가지이자 줄이고 인간이 의지한 뉴(紐)였다.

47

이때부터 사람들이 처음으로 하늘과 땅의 움직임을 알고 농사를 때맞춰 짓게 되었다

경이롭고 신비한 일이다

다음에 지황씨〔地皇氏, 지갱(地鏗)〕가 연월일의 월력을 만들고 계절을 구분했다

48

그 10모(十母)의 현상은 신비하고 정교할 뿐 아니라 매우 천문학적이고 시적이다

인류의 꿈은, 자연 현상과 순환을 자기 몸과 마음 가까이에 두면서
그것들의 유희 작용의 소리와 모양을 언어로 만들고 싶었고
그 속으로 흘러 들어가 그것이 되고 싶었다

지극한 꿈이었다

그것이 곧 시이고 삶이 도달해야 할 궁극이었다,
그 뒤로 깨달은 현자들은 죽음을 대수롭지 않게 여기기도 했다

49

반고의 아들이,
천지의 혼돈 사이에 있는 우주목의 몇 줄기 질서와 변화가 숨어 있는 것을 알았다니
놀랍다! 이채롭다!

이미 사라지고 없는 그의 어린 아들이고 싶고 그의 눈을 가칠하게 하는 가을볕이고 싶은 아이들,

그리고 우리는 다시, 어느 길목에 우두커니 서 있는지도 모르는 그 눈주름이었다

50
노래의 마음이, 반고라는 아버지가 자신의 혼돈 속에 숨겨둔 것을 그 아들이 알아낸 것이었다

게다가 더 아름다운 것은 어머니가 한둘이 아니었다

나의 어머니는 열이고 백이었으니, 다투지 않고 그 열의 사랑을 받았으리!

51
그녀에게는 아버지의 오래된 냄새와 아들의 완두콩 같은 청순함이 함께 있었다

애잔한 새벽빛의 골의지요(滑疑之耀, 희미한 빛)와 천양, 양행, 전생(全生), 무명(無名) 등을 알아차리고, 그것을 확증하지 않고
적당한 지혜 속에 놓아서 기른 아들은 늪과 바람, 하늘과 땅

의 자연이라 할 수 있었다

다들 얼마나 귀히 여겼을까?

왜냐하면 그것을 발견하고 즐기고 기뻐할 만한 존재였기 때문이었다
어머니는 자신의 모(母)에 음양 그 어느 반쪽도 버리지 않고 담았을 것이다

52
현재 이곳의 상상은 반고신화가 탄생한 그 태고로 거슬러 올라간다

먹구름과 북새가 몰려와 하늘을 뒤흔들었다, 천둥 번개가 때렸다, 굵은 빗방울의 바람이 성(城)과 나무, 강물, 산에 몰아쳤다
무아는 이 10모와 12자가 혼돈의 다른 징후를 발견한 것이라고 생각해도 이상할 것이 없었다

인성은 숨겨진 것을 찾아내고 이름을 짓고, 자연에 합일하는 해석과 신비를 간직하고 있었다
그러기에 하늘과 땅 사이의 인간이었다
그들의 가슴은 그것들의 크고 작은 언어를 조합하고 변형시키고 풀어주는 예지와 수사의 힘을 가지고 있었다

보라, 들으라, 그들의 그 모든 노래를! 향기를 맡고 맛을 보라

53

천왕씨의 첫째 아들 갑(甲)은 죽은 것 같아도 밖으로 자신을
나타낼 줄 안다

54

둘째 아들 을(乙)은 돋아나오면서 다투고 밖으로 소리친다,
새되고 귀여운 이름이다

55

셋째 아들 병(丙)은 햇볕을 받아 부드럽게 나타나 스스로 자
기 이름을 얻는다, 아들답다

56

넷째 아들 정(丁)은 억세고 강한 힘으로 좁은 구멍을 뚫고 솟
아 나온다, 용하다

57

다섯째 아들 무(戊)는 다툼 없이 서로 화합하여 함께 동시에
뿌리를 내린다, 신의가 있다

58

여섯째 아들 기(己)는 음기를 억제하고 모든 알곡이 살 수 있도록 자신의 밖으로 내보낸다, 노동을 할 줄 안다

59

일곱째 아들 경(庚)은 최고의 음기로서 자신을 알차게 하는 기(氣)을 가지고 있다, 곁에 힘차고 아름다운 양을 거느렸으리

60

여덟째 아들 신(辛)은 강한 음기를 가진, 만물을 여러 갈래로 뻗어나가게 한다, 왕성한 모친의 모습을 배운 것이리

61

아홉째 아들 임(壬)은 검은 기운과 함께 있으면서 양기를 나타내게 해준다, 음과 양은 닮아간다

62

마지막 열째 아들 계(癸)는 양기를 규칙적으로 나타내 지키게 한다, 최종의 미덕은 균형과 분배이다

63

이 한 행 한 행은, 우주이고 그 아들들이고 딸들이며, 시의 언어들이고 생명의 움직임이다

그렇다, 음양이 생명과 형상과 습성의 집이고 몸이다, 음도 양이고 양도 음이다

아버지에게는 어머니의 냄새가 있고 딸에게는 아버지의 냄새가 있다

64
아직도 그들은 죽지 않았으며 죽어도 다른 생명으로 순환하여 돌아오고 더 멀리 나아가기도 한다

그들은 이전의 생을 기억하지 않는다

인체해부학은 모든 기관의 뼈와 신경 줄기, 세포와 피의 흐름은 왜 양의 이름에 모(母) 자를 썼는지 알 것이다
어머니 속에서 아들도 아버지도 나오기 때문이다

생명의 꽃, 열매, 죽음조차 그곳에서 아기의 모습으로 나오기 때문이다

그들에게는 배꼽과 꽃자리가 있다, 어머니의 태에서 낳아졌으므로 아기를 받지 않는 어머니는 없었다

65

만에 하나, 그들이 자기 생명의 질서를 완전하게 찾거나 혼돈을 잃어버린다면, 자기 생을 잃을 것이다

아주 먼 미래의 어느 현재 속에서 이것이 무언인가 하는 망념이 발생한다면 그들은 허무를 깨우치고
자기 생을 희생하지 않으려 할 것이다

그곳엔 어느 신도 찾아오지 않는, 몇 개의 지구묘(地球墓)만 남아 있을 것이다

하지만, 저 아름답고 건강한 어머니의 열두 아들딸은, 장자의 혼돈사를 추억하는 것 같은, 미래로 나와서 과거를 회억하는
지혜를 숨겼다

66

자(子, 쥐, 자시 밤 11시~새벽 1시)는
'곤돈(困敦, 불통에 힘을 씀, 지치고 어둡고 두꺼운 것)'이라고 하는 혼돈(混沌)이다
궁핍하므로 옛 운이 가고 새 기틀과 새 생명과 새 기운은 이 혼돈의 씨앗에서 태어난다, 씨와 순의 태아가 두 발을 차듯……

친구여, 늘 이 곤돈을 기억할 일이다

67

축(丑, 소, 축시 새벽 1시~새벽 3시)은

'적분약(赤奮若, 붉은 떨침, 성냄, 생의 기운은 성냄에서 비롯함)'으로 양의 기운이 맹렬히 빠르게 떨쳐 일어남[분투(奮迅), 분발(奮發)]이다

2시의 소여, 꽃망울 속이 아직 자라지 않은 단단한 것……고것이다!

68

인(寅, 호랑이, 인시 새벽 3시~새벽 5시)은

'섭제격(攝提格, 자기에게로 끌어당김)'으로 추기(樞機)이며, 만물이 양(陽)을 받아

이미 형세와 지위가 커진 상태로 홀로 우뚝 솟는 것이다

호랑이여, 민가의 닭 울음소리에 겁을 먹지 말라, 너의 유전자를 위해 방황을 계속하라

이 자가 북이고 축인은 북동이다

69

묘(卯, 토끼, 묘시 새벽 5시~오전 7시)는

쇠하고 얇아 아직 통하지 못한 양기의 의미인 '단알(單閼, 멈

춤)'로서, 이때엔 남은 음이 다 쇠하고 양기로 오로지 만물을 일으킨다

토끼여, 땅을 열고 싹이 돋아나오고 문이 양쪽으로 열리려는 새벽 시간이다

내일 아침 일찍 뒤란 응달에 들어가 우리 집에 없는 토끼에게 풀을 주어야겠다

70

진(辰, 용, 진시 오전 7시~오전 9시)은

'집서(執徐, 견고하고 치밀하며 통창(通暢)하는 것)'와 칩복(蟄伏, 움츠려 엎드려 숨겼던 머리를 두 갈래로 묶어 뿔처럼 서서히 일어서는 기의 현상)으로서 기세 있는 것을 말한다

동해 용은 어디로 갔는가, 바다는 이미 환하다, 하늘의 전갈자리별이 몸을 떤다

실패하더라도 용을 기르는 법을 배우러 먼 길을 떠나고 싶어진다

71

사(巳, 뱀, 오전 9시~오전 11시)는

'대황락(大荒落, 아득히 먼 변경의 황량한 땅까지 떨치는 것)'으로 만물이 크게 장성(壯盛)하여 그 영향이 이르지 못한 곳이 없는 것이다

뱀이여, 초목이 극에 달하여 멈춰버린 상태, 그 속을 알 수 없는 녹음이 적막하다

너는 어디로 가고 있는가?

문왕팔괘로 볼 때, 이 묘가 모든 시간이 밝아오는 정동(진,
震, 벼락)이고 진사가 그 아래로 기운 남동(곤, 坤, 땅)이다

아름다워라, 가고 오는 것이 즐거워라

72
오(吾, 말, 오전 11시~오후 1시)는
'돈장(敦牂, 불룩한 양의 배)'으로 만물의 힘이 왕성하여 이미
해치고 줄어드는 기미가 있음을 뜻하나 만물이 한껏 성장하는
때이다

이미 지나치게 왕성하여 쇠퇴하기 시작하여 스스로 꺾이는
때이다

한낮의 말이여, 잠깐잠깐 사이에 이런 기현상이 생명 속에 왔
다 지나가고 사라지고 다른 시간이 오는 것을 느끼라

73
미(未, 양, 오후 1시~오후 3시)는
협흡(協洽, 고루고루 충족시킴)으로서 작은 음조차 없지 않
아서 온갖 구역의 만물이 화합하는 대화(大和)의 경지이다

즉, 모든 생물이 무성해서 미래의 징후를 이미 알고, 서로 힘
을 모아 화합하여 맺는다

저쪽에 혼자 있는 양은 아파서 홀로 있다. 간섭하지 말고 두어라

죽을 땐 혼자 죽는 것이다

74

신(申, 원숭이, 오후 3시~오후 5시)은

'군탄(涒灘, 물이 깊고 넓고 그치지 않음)'으로 십이지가 협화(協和)함에 이르러 물이 이미 깊고 넓어 다시 쉬지 않음이다

시간이여 멈추는가, 아기가 토하는 것과 같고 원숭이가 번개처럼 손을 내뻗는 것과 같은 모습이다

원숭이는 재주가 넘쳐서 항상 위험하지만 미워하지 않는다

이 오가 정남이고 미신이 남서다

75

유(酉, 닭, 오후 5시~오후 7시)는

'작악(作噩, 놀람, 요긴함을 성취하며 인내함)'으로 모든 만물이 진실해져 각자가 알아서 자기 성명을 정한다. 가을이다

단단한 닭아, 저녁이다, 이미 보이지 않는 아이가 일어서려는 모습이다[만물개기지아(萬物皆起之兒)]

닭 발톱을 보라, 어둠을 보고 검고 추운 겨울 새벽을 울어 젖히는 수탉은 추위를 타지 않는다

이처럼 아름다운 시를 읽은 적이 없다

76

술(戌, 개, 오후 7시~오후 9시)은

'엄무(閹茂, 거두어 닫아서 변함, 쥐에서 보면 아주 먼 곳이나 가까이 왔음)'라 하며 물건의 빛이 어두워지고 성장을 멈춘다,

즉, 만물이 일을 끝내고 멈춰 자신을 덮는다[만물개엄모(萬物皆淹冒)]

어느덧 모든 인적이 끊긴다, 초목은 죽은 모습으로 남아 있다, 밀어내지 않고 죽음을 껴안는다,

그 죽음이 자기가 아닌 다른 생의 씨앗이다, 얼마 전의 그들이라 할 수 있는 것은 아무것도 없다, 그 안에 놀라운 타자의 자아가 있다

77

해(亥, 돼지)는

'대연헌(大淵獻, 물이 크게 받아들여 모임)'이다, 만물이 양기를 아래에 깊이 저장하여[심장(深藏)] 하늘에 바친다

즉 한 해의 모든 공을 바치려고 하늘이 양기를 다시 뼛속 깊이 새겨 넣는다

천하의 돼지다, 자기 유전자를 어떻게 자기 안에 새길 줄 알았을까? 생의 문을 닫고 왔던 땅속으로 내려간다

돼지는 혼돈이다

이 유가 정서이고 술해가 북서이다
무아는 이곳에 있기에 죽음보다 먼 곳에 가 있는 것이 아닌가!

78
이 모두가 신묘하여 모든 생명은 경이롭고 따뜻하며 순환 절기는 새롭고 사랑스럽다

이 아들딸들이 세상과 저 자연을 조각하고 떠나면서 더 새로워지고 깊어진다

하늘과 땅에 사계절이 있었던 것이 아니라 열두 계절이 있었고 스물네 절기가 있었고
삼백예순다섯의 다른 날이 있었다

어느 것 하나 귀엽고 아프지 않고 의젓스럽지 않은 것이 없으며 모두가 약속을 지킨다

생명과 일기와 계절은 아이들같이 새되고 알차고, 착하고 힘차고, 새롭고 순하다

79
돌아가고 돌아오는 것들이 모두 이들 때문이라도 미루지 않고 가로막지 않으며 그대로 받아들고 찬미하고 감사할 일이다

이들의 공통분모는 상합(相合), 원진살(怨嗔殺), 상충(相沖, 서로 어울리고 건들고 채우고 헤어짐)이다

이 혼돈들이 만나고 헤어지는 수많은 생이 처음부터 희생임을 알고 저렇게 살진 않았겠지만

아름다운 혼돈의 24절기가 종국엔 하나의 절기만 남게 될지도 모른다

80

일 년도 아니고 사계절이 아닌 십이 계절로 보았던 그 시절을 돌아보면

어떤 정신적 결핍감과 함께 용서할 수 없는 무지와 폭력의 지혜가 감지된다, 그들이

모든 조상과 후손을 불러 데려와도 용서되지 않을 것이다

죽은 계절은 오지 않는다, 자신을 살해하며 다른 생명과 거처를 제거한 자들에게

선한 생명은 아무 말도 하지 않고 떠나고 말았다

얼음흙 속에서 싹을 틔우며 음양이 하나가 되는 저 천공의 계절을 받지만 기쁨은 어디로 가고 없는가?

81

영기(靈氣)는 서로 저 지상의 어둡고 습하고 추운 곳에서 희미한 생명의 십이지를 감지한다

죽은 혼돈의 정신 속에서 그들은 꿈꾼다, 그러므로 혼돈에

대해 더 깊이 알고자 하는

길은 하나둘 없어지고 있다

그 안의 안은 어떤 형상도 감각도 예감도, 징후도 생명도 없는 예환(鯢桓, 도룡뇽 모양의 힘찬 소용돌이 물)의 힘이 소용돌이칠 것이다

82

십모와 십이자를 들여다보면, 혼돈의 살해가 지워지는 순간의 억눌린 흰 울음소리가 들린다

음양 두 가지만이 아닌 더 많은 다원의 현상이 혼돈에게 있었을 것이라는 알리바이를 증명하고

분노하게 된다

하지만 이미 그것은 불가능하다, 빛을 향해 광란하는 감각들의 모든 등 뒤에 혼자 남아 있는

혼돈의 영혼은, 도저히 그들과 함께 뛰어갈 수 없기 때문이다

과거에 꺼진 그가 들고 섰던 불 하나, 그의 눈엔 저 미래의 불빛은 보이지 않는다

모든 어둠이 삭제되고 살해되었다

83

신비한 기운을 가진 아름다운 생명체들의 사라진 어록(語錄)이 없으므로 후손은 기억도 상상도 하지 못한다

구름 밖에서 저 천문학적 메가와트시($1MWh = 1,000kWh$)에 해당하는 불빛의 지구를 내려다볼 때

가장 슬픈 일은(!?)……

멸종에게 그것들은 기억되어야 할 아무런 이유와 가치, 존재 의미가 없는 것들이었다

84
어떤 형체도 관계도 없이 허공을 오가는 우주목의 가지와 실 뿌리들 그리고 잎,

사라진 핏줄과 뉴런, 물로 돌아간 세포액, 퇴적층에 묻힌 수천 킬로미터의 이중 나선 디엔에이

아무도 본 적 없는 리보솜에서 단백질을 만들고

디엔에이 염기 셋이 하나의 아미노산을 담당하며, 그 디엔에 이의 4의 3승의 64조합은 주역의 64괘와 동수이다

어쩌면 혼돈은 따로 구멍과 틈과 길이 없는 무비공(無鼻空)과 무규(無竅), 무도(無道)였다

그러나 그곳에서 우리의 생명과 이름과 얼굴이 솟아올라왔다!

투쟁의 길만 환히 열린 대소통의 시대 속에서 혼돈의 길은 그리운 길이 되었다

85

인구 2억 2천만 명이 넘는 나이지리아가 2024년 사용한 전체 전기 사용량이 32테라와트시(TWh)

밤낮없는 불면의 노동을 하는 구글과 마이크로소프트가 사용하는 전기 사용량이 24TWh!

미국의 연간 전기 사용 총량은 2010년 이후 약 4천 테라와트시!

한국은 650테라와트시!

이제 지구는 수십만의 테라와트시의 빛과 에너지로 눈 감을 곳이 없어질 것이다

2023년 한국은 1인당 전기 사용량이 1만 킬로와트시(㎾h)를 넘어섰다 일본(7,434㎾h)과 러시아(6,755㎾h), 중국(5,331㎾h)보다 훨씬 많다

한국의 최근 발전가능용량은 1억 킬로와트이다

어둠을 쫓아낸 그토록 밝은 곳에서 그들은 무엇을 할 작정인가!

86

더 많은 전기차를 만들라, 더 많은 전기차를 폐차하라, 더 많은 폐(廢) 배터리의 쓰레기장은 어디인가?

원자력발전소를 가난한 나라 바닷가마다 건설하고 세계와 함께 사용해서 더 밝고 더 빠른 지구를 만들면 된다(?)

욕망의 전기를 먹어 치우는 AI 문명의 돼지들, 그 환영을 쫓아가는 얼굴에 지혜를 가진 자들

불가사의한 마음과 작은 눈

어떤 영혼만이 동해의 축시(丑時, 새벽 1시~새벽 3시경)에 그 혼돈과 그의 죽음의 순간을 기억하려 할 뿐이다

5. 다시 기억하는 남해의 숙(儵) 임금과 북해의 홀(忽) 임금

87

남해를 지배하는 숙 임금과 북해를 지배하는 홀 임금

두 임금은 벗길 수 없는 검은 가면을 쓰고 있었다, 그 안의 얼굴을 자세히 볼 수가 없었다

장자는 얼굴을 가린 그들의 가면에 대해 말하지 않았다

88

한때, 이 남해와 북해는 태허를 닮아 태탕과 탕요(蕩搖)의 노래를 맘껏 부르던 물이었다

모든 강의 혼돈을 다 받아들이고 침묵했던, 비유할 대상이 없는 대해

광활이자 창망이자 무제였다

아무도 침범할 수 없는, 깊고도 높은 신성한 바다, 그 바다를 다 채운 물

욕망을 가로막고 다른 두려움과 희망을 불러일으킨 바다

89

거대한 눈알 같은 신경들이 곳곳에 뻗어 있는 신령스러운 나
무들이 살고 있었을 테지!

그 무엇인가가 컴컴하면서도 밝은 사방 천지를 다 들여다보
고 내다보았을 테지!

눈과 귀, 입의 구멍 같은 것이 따로 있지 않은, 자아의 거대한
내면

저 미래에서 다 나투어지는 아이들과 그들의 숙명을 다 알고
있었겠지

거대한 만능처럼 활활 하늘로 형체도 없이 날아갈 것 같은
혼돈의 땅, 중앙의 혼돈은

심야 속에 천둥 번개가 내리치는 산악 양쪽에 바다를 두고
누워

어느 무아의 꿈속처럼 거기 있었다

90

중앙의 임금을 지키는 혼돈의 땅 남쪽과 북쪽에 두 바다가 있었다. 중앙은 동서로 길게 이어져 바다를 남북으로 갈라놓았다

해라도 잡을 듯 북쪽으로 툭 튀어 융기한 산이었다

바다는 자연에 대한 정치적 욕망을 나타내지 않았지만, 두 바다의 임금은 그 땅을 지배하려 했다
이것은 비밀이지만, 무아가 관찰하기에
두 임금은 가장 중요한 것이 무용한 것임을 알고 그 바다를 항상 시선에서 놓은 적이 없었다

91

그 속내를 두 임금이 드러내지 않고 서로 감추고 있었다,
혼돈은 일시적 소유보다는 다른 영리에 해당한 궁극의 어떤 목적에 이용되었을 것이다
그것이 의혹으로 떠오른 적은 없었다
고작 혼돈에게 칠규를 파주는 것으로 은혜를 갚으려 한 것은 너무나 위험한 발상이었다
그런데 그렇게 하지 않고선 혼돈을 죽음으로 옮겨놓을 수 없었다
만약에 그렇다면 혼돈의 살해 유혹이 실현된 것이라 할 수 있겠지만 그럴 순 없는 일이었다

더구나 혼돈에게 죽음은 그리 중요한 것이 아니었을 것이기 때문이다

그러나 이 역시 우리가 완전하게 알 수는 없는 일이다

92

지평선과 수평선 끝에서 해처럼 떠오르는 계속되는 의문, 칠일이혼돈사!

완벽한 은닉의 살해가 아니었을까? 혼돈조차 그 속에 모부를 감추고 있었던 것일까? 그렇다면 이것은 전혀 다른 대란이다

하지만 그쪽으로의 서사는 알 길이 없다

남해와 북해는 그 탐욕과 도모의 수역으로서 늘 절규하고 스스로 마음을 깎으면서 중앙의 땅을 일깨웠다

어떤 제축문과 신고와 의식 없이 혼돈의 임금을 죽이려 했다, 바다가 보고 있는 대명천지에!

93

혼돈의 땅 중앙의 임금이 무엇을 잘못한 것일까? 어떤 채무가 있었던 것일까?

그래서 두 바다의 임금에게 대접을 잘해주었던 것일까? 이게 두 임금에게 혼돈의 은혜 따위는 필요 없게 된 것일까?

하지만 이유 없는 베풂이란 있을 수가 없다,

혼돈은 왜 두 임금에게 베풀기만 했을까? 그 목적 없는 베풂

이 살해의 원인이 되었을까?

비록 평화와 화해, 빛과 바람과 물의 교류가 충만했을지라도 혼돈이 그들에게 베푼 어떤 이유와 일말의 목적이

있었던 것일까?

이것이 계속 안검(眼瞼)을 치는 무애의 파도처럼 혼돈사를 기억하게 하는 이유가 아닌가!

94

여기서 장자의 고도한 철학적 문학적 정치적 심리적 은유는 전율적인 풍자를 발산한다

가장 놀라운 것은,

두 임금이 혼돈에 대한 내심과 야망을 표현하지 않았다는 점이다

두 번째는 자연의 일부인 두 임금이 자연에게 감사를 표하듯 중앙의 혼돈에게

감히 감사를 표하려 했다는 점이다

마지막은 이 의문이 해결되지 않고 사라지지 않았다는 점이다,

칠일이혼돈사는 스스로 자신의 문제를 해결하지 않고 이천 수백 년을 방치했다

95

여기서 장자가 (말하지 않았지만) 말하고자 한 요지는

어떤 자연도 자기들끼리 감히 감사의 표시를 하지 않는데 문제는 고작 남해와 북해의 두 임금이

희생과 은혜를 주고 갚고자 하는가 하는 의문의 공표에 있다

미래에 무아와 같은 수많은 독자가 의문할 것을 미리 알고(그런 사람들이 점점 사라질 것이므로)

장자는 한 자연이 다른 자연에게 은혜를 갚겠다고 한 그 저의를 끝내 밝히지 않고 외면했다

이 의문이 파장을 일으킨다, 칠일이혼돈사는 그 문장을 남긴 사람조차 자유롭게 놓아주지 않았다

도대체 칠일이혼돈사는 무엇인가?

96

예언자에게 최소한의 '육 자(六子) 사건'은 구제할 수 없고, 아무도 피할 수 없는 숙명을 남겼다

무아는 이곳에 없는 어떤 글자들이 있음을 느끼며, 두 임금이 그 야망과 모의를 은근히 드러내려 하고

있다는 것을 희미하게 느낄 뿐이다,

그것을 찾아 여행하지 않는다면 「응제왕」은 「소요유」의 대미가 되지 못한다. 마디뼈가 다 부서진

용두사미가 된다. 그 형체가 붙어 있기 위해선 대미가 되어야 한다

즉 그 둘은 교묘하게 마음을 감추고 (예컨대 등장인물과 장자와 무아가 모를 것이라고 생각하면서)

무사무위(無四無爲, 명시, 모부, 사임, 지주가 없음)의 반자연적 행위를 감행하려 했다

교활하다

97

특이하게도 칠일이혼돈사(七日而混沌死) 육 자는

난해하기도 하지만 수많은 불안과 자책, 불길한 암시를 계속 미래와 독자를 향해 내비춘다

어둠 마음에 그 빛이 바람처럼 불어온다

한 무아에게 그것이 평생에 걸쳐 불가해했다, 그 바람 속의 그을음을 냄새 맡지 않을 수 없었다

그것은, 바닷속의 어둠을 비추며 다가오는 희미한 불빛과 같았지만 결코 다가오지 않았다

98

그렇게 주변을 맴돌면서 혼돈사는 이천수백 년이 지나도록
여전히 미결(未決)로 남아 있었다

미결은 누군가 찾아와 생각하게 하는 의문이며 신비지만

아무도 어떤 해석을 내리지 못한 채 떠나갔고, 이 화두만 언
제나 미래로 건너왔다

99

이것도 어쩌면 눈 회동그랗게 한 번 뜨고[자휴(恣睢)] 훨훨
바람처럼 걸어가는
전사(轉徙)에 불과한 것인지도 모른다

무아의 머릿속에 스쳐 지나간 대붕(大鵬)의 소요 아래에선
아무것도 아닐 것이며
무아도 그러길 바랄 뿐이지만, 이 혼돈의 슬픈 죽음은 해석
되지 않은 채 이 책 속에 남아 있다

그것이 혼돈의 존재이고 잉태이고 불멸이다

100

이것은 이 여행이 끝나고 난 뒤에도 잊히지 않을 것이며, 무아가 죽은 뒤에도 이 칠일이혼돈사는

여전히 수천만 번을 인쇄해도 『칠원서』 맨 뒤에 붙어 있을 것이다

그러나 그 답은, 우리를 기다리지 않는다, 그렇다면 장자도 그 내막을 모른 채 살다가 행방불명된 것이다

두 임금에게 살해되었을까? 혼돈처럼 어디서 언제 그도 암살되었는가?

그 무덤조차 어디 있는지 알 길이 없다

그의 행방불명은 혼돈의 죽음과 무관하지 않을 것이다

101

장자는 저 자연에 대해 연민과 은혜 같은 것을 감히 생각하지 않았다, 그는 우주인처럼 이 지상에서 홀로 살았다

그는 자연 속에 처해 있는 인간의 커다란 숙명을 다시 커다란 소요(逍遙)로 바꾸어놓을 작정이었다

그래서 사실은 「응제왕」 편이 먼저 써졌고 「소요유」가 나중에 써졌을지도 모른다

먼저 쓴 것을 대미에 두고 나중에 쓴 것을 저 앞에 걸었다(?)

그는 자연과 함께 살아가는 생명이었지 다른 보은과 별도의

교환 수수 같은 것은 없었다

　그는 필수가 아닌 하나의 희원(希願)이었다

　어떤 것에 대한 철저한 인욕과 지킴의 거절이었다

　그가 한 인간으로 오롯이 존재하고 발톱이 다 닳도록 옻나무
를 관리하며 살아냈던 것이

　그의 전생(全生)이었다

102

　여기서 혼돈의 우둔함이 숨은 지혜가 되고 인간의 밝은 지혜
는 어리석음이 되었으며

　죽음조차 적극적인 숙명으로 받아들임으로써 장자는 벌써
구만 리 장천의 비상 소요를 시작했을 것이다

　그가 날아간 텅 빈 하늘을 쳐다본다,

　어느 시대에서나 어느 곳에서나 칠일이혼돈사는 불가지

　그래서 언제나 활구다

103

　아니, 그것은 이미 저 앞의 「소요유」가 시작되기 전의 어느
앞 시대에 일어난 성사극(聖史劇) 같은 사건이었다

　이제 이 「응제왕」 뒤에서 다시 그 「소요유」의 과거가 아닌

　그 책들이 서부가 아닌

　다른 미래의 「소요유」의 시간 밖으로 나아가야 할, 초월적 비
상이 예시되어야 할 것이다

따라서 끝난 것이 아니다, 다시 시작된다, 혼돈이 죽은 다음 대붕처럼

거대한 일곱 구멍을 막아버리고, 하늘로 날아오를 것이다, 하나의 거대한 산처럼 혹은 우주 허무처럼……

104
가혹한 비상!!

그러나 "칠일이혼돈사"부터 "북명(北冥)의 바다에 유어(有魚)하니 기명(其名)이 곤(鯤)이라"까지는

얼마나 많은 세월이 흐르고, 생의 구름과 바람과 말이 지나가야 할까?

얼마나 많이 잊고 기다려야 할까?

무아에겐 그것을 기다리는 사람이 없을 것이란 것이 희망이었다

105
어쩌면 장자는 저 맨 앞의 과거와 같은 「소요유」의 시간을 저 먼 미래 '끝장바다' 뒤의

누구도 나갈 수 없는 수평선에 놓고, 그것을 맨 앞에 당겨서

미리 묘사한 것으로 보인다 그러니 어찌

다시 대붕이 날개를 치지 않을 수 있을까?

수미(首尾)의 소요붕(逍遙鵬)과 혼돈사(渾沌死)는 장자의 양
대 난제이자 흰 절망이며 캄캄한 희망이다

그보다 더 큰 위로의 언어는 무아에게 없다

106

그래서 북명의 바다에 곤(鯤)의 물고기가 생겼을지라도, 그래
서 화이위조(化而爲鳥)로 하늘로 날아올랐을지라도

혼돈사의 의문은 여전히 풀리지 않는다

그 사(死) 자와 북(北) 자는 상상도 할 수 없을 정도로 서로
멀리 떨어져 있었다

너무나 먼 바다이고 물결이고 파랑이다

날아간다고 죽었다고 해체되었다고 해서 의문이 사라지는 검
고 희고 푸른 구름의 세상이 아니었다

107

출렁거리는 장쾌한 공간과 시간, 거리감

만약 2,300여 년 전에 이 혼돈과 붕새 두 존재와 그 언어가

없었다면

　모르긴 해도 동북아의 상상과 메타포는 미천했을 것이다

　다시 생각해보지만 꿈 같은 일이다!

　남해와 북해가 다시 장자가 첫발을 일착(一着)했던 그「소요유」의 저 서부에서 예언된 북의 궁발(窮髮)과

　아득한 북명의 바다로 돌아가는 것은!

108

　"북명(北溟)에 유어(有魚)하니 기명(其名)이 곤(爲鯤)"이라는

첫 문장의 그 첫 글자

　북(北) 자를 쓸 때의 장자를 생각한다

　그 곤이 떠나는 그 '늦바다'를 생각하면 저 두 바다가

　모부의 임금이라는 것이 믿어지지 않는다

　하지만 그 신조(神鳥)는

　파괴된 바다를 날아올라야만 했다, 그 바다는 빼앗긴, 파괴된 바다였다

109

　북새가 온 하늘을 뒤덮고 설레서 울면서 빗방울을 떨구었을

것이다. 분노의 바다는 그를 격랑 위로
　떠워 올려주었을 것이다
　그때 온 하늘과 바다가 자신들을 흔들어 울렸을 것이다

　돌아가자, 다시 끝으로, 저 처음으로 아가 새야, 돌아오너라,
무서워하지 말아라, 죽음도 건너갈 우리가 이곳에 있다

　110
　장자가 다 밝히지 않았지만,

　혼돈이 죽고 나서 그 바닷속에 있던 작은 물고기 '곤(鯤)'이
돌연히 날개 달린 거대한 붕새가 되어,
　어떤 이유로 그 바다를 버리고 떠났다는 것은 실로 상상하기
어려운 일이다

　그랬을 것이다, 무엇이 그 앞을 가로막으랴〔막지요알자(莫之
夭閼者)〕!

　그러나 그 붕새(장자)가 분노하며 날아올랐다〔노이비(怒而
飛)〕는 것을
　누가 알고 있을까? 붕새가 혼돈사에 놀라고 분노한 것이 아
닌가!

111

장자는 현재 속에 있는 미래의 사람이자 등대이다, 그의 글은 까마득한 미래에서 돌아보는 은유의 예언이다

오늘은, 그 미지의 미래로 가고 있는 일엽편주

무아도 마음도 자연도 도시도 오염되고 파괴되고 있는 이 시대에 이루어진 것은 혼돈에겐 아무 소용이 없다

지구는 광막지야의 궤도를 태양의 빛 하나로 공전할 뿐

방황의 무하유지향이다

하루에, 한 구멍씩 뚫다

하루에, 한 구멍씩,
뚫었다.

日鑿一竅

1. 혼돈의 발견

112

일착일규(日鑿一竅) 칠일이혼돈사(七日而渾沌死) 십 자(十字)
는 『칠원서』의 마지막 문장이다

혼돈에게 죽음이 없었다면, 어떤 시간은 그 혼돈 곁에 그대
로 머물러 있을 것이다

이 문자가 영원한 책 속의, 지워지지 않는 금석문의 중심이
되면서, 모든 것은 그 주변에서 일어나고 사라졌다

113

어떤 사람에게 한해서 모든 현실의 문제는 장자의 그 상상 언
어 속에 갇힌 것 같지만
아무것도 이루어질 수 없는 만물과 생의 여행 속에서, 무아
는 문득 타자처럼 휘어지는 먼 시간의 수평선 너머를 바라보고
자 한다
죽음이 중심이 되고, 만물과 역사와 현실, 생명까지도 그 주
변부로 물러나는
모든 바다의 해일 같은

모든 생의 끝이 그 혼돈사로 모여들고 있음을 누가 알 것인가?

죽음의 고요와 저쪽 삶의 소란은, 혼돈과 무관한 대명천지를 밝히는 발광(發光) 속에 있는 어둠일 뿐이다

114

혼돈이 죽음으로써,

부정할 수 없이 명증한 것 같은 삶도 이곳에 살아있다고 주장할 수 있는 아무것도 없다

그러나 삶이 없을 리가 없다, 환(幻)으로라도 있어야 한다

그래서 이 반향 없는 땅, 중앙의 죽음은 장자 철학을 인간 중심의 도덕을 넘어선 초월의 경지에

다다르게 했다

쓸데없이 남해와 북해만이 파도치고, 쓸쓸한 바람의 휘파람만 인간과 신들의 추억도 없이 해안선에 불어댈 뿐이다

115

저 해조음이 우리 모두의 하나하나가 사라진 뒤에 물결치는 노래임을 누가 알까?

책도 미명도 일몰도 그대와 나의 얼굴도 없이 하나의 영혼에

찾아온 깃발은 바닷바람에 펄럭이고
　무애(無涯)의 깃대는 흔들린다

　하늘의 궁륭은 텅 빈 채로…… 모든 흰 구름도 가버린, 아무
도 없는 산과 대지와 수평선에서 그것을
　기억하지 못하는 자연…… 언어도 의미도 찬양도 믿음도 없
는……

　지구묘의 깃발은 찢어지고 해지고 쓰러지는 미래의 오늘은,

116
　죽은 혼돈은 어쩌면 영원일지 모른다, 무아의 삶은 그 구멍
없는 혼돈의 죽음 속으로 들어갈 수 있을까?
　아니면 저 목적 없는 지구의 자전 속에 날마다 저물 것인가

　눈과 빛이 없는 곳
　무사히, 기어코 죽음의 문턱을 넘어간 수많은 이름들의 희열
과 후회, 절망과 슬픔 속에서
　자기 삶으로 빠져나오길 바라는 망각은 없을 것이다

　그러기에 어느 누구도 그쪽에서 다시 이쪽으로 돌아오지 않
았다

117

무아는 믿음이 없고 의심이 많은 저쪽에 머물고 배회하는 불행한 인류의 그러나 사람이 아닌

어떤 불가해한 짐승이었다

그들은 무엇을 생각했고 이 세계의 도시를 어떻게 건설했는가? 저 천만 인구의 거대도시를

그들의 머리와 손이 바닥을 만들고 철근을 하늘로 올리고 벽돌과 유리를 허공에 붙였는가

저 도시는 수많은 구멍이 뚫리고 끝내 바닥으로 허물어질 것이다

118

무아가 소년이라도 노인이라도 이 의문의 종결은 사라지지 않을 것이다, 모든 것이 사라지고

마지막에 오직 그 의문 하나만 눈앞에 남을 듯

무용한 것들과 함께 그 죽음이 중심이 된다 하더라도 광활한 자연이 모두 사생의 한 끈이라면 삶이란

그 어디나 저쪽에 서 있는 죽음이 아니었을까? 벌판에 서 있는 한 그루 살아 있는 나무처럼

119

혼돈사는 죽었으므로 죽은 것이 아니다, 삶이 아무리 중심이라고 주장해도

삶은 살아 있는 것이 아니고 죽음을 살고 있다, 모든 것을 깨워 이 소요의 바람이 부는 들판으로

불러낼 수 없었지만, 어떤 삶도 중심이 될 수 없었다

혼돈사는 우리가 모르는 인간 내면에 감추어진 지층의 비밀이 있는 감담(坎窞)이다

120

무아는 그것이 우리가 희망하는 것과 무관한 것이길 바란다, 왜냐하면 우리는 아직도

우리가 바라는 것이 궁극적으로 무엇인지 발견하지 못했기 때문이다

수많은 다른 길이 자연에게 있을 것이다, 역동학적 생명 창출의 안정적 진화와 유지,

과거 기억, 조용한 소멸, 조심성 있는 미래 감지

그럼에도 갑자기 흐려지는 바다 날씨는 어둡고 하늘의 구름은 난해한 움직임을 보인다

무아는 이 검은 구름과 고기압의 추위가 꼭 싫진 않아도 우

울하다

무아는 저 혼돈의 땅에 들어와 어슬렁거리는 두 임금 중 한 사람이 아니었을까?

121

『계사전(繫辭傳)』에 있는 말이다

"천하가 무엇을 생각하고 무엇을 걱정하겠는가〔천하하사하려(天下何思何慮)〕"

후천 오만 년이 온다고 한 일부(一夫)도 말하지 않았는가,

김일부 오호라, 하늘이 어찌 말을 하며 땅이 어찌 말을 하겠는가〔천하언재(天何言哉) 지하언재(地何言哉)〕

천하 만물은 자신과 대상과 사생 변화를 걱정하지 않는다, 천하가

나를 걱정하고 생각한다는 것은 있을 수 없다,

인간은 텅 빈 하늘 아래에 있는 고독한 한 점의 존재일 뿐이다

122

장자만큼 인간을 소외시키고 또한 자유롭게 해준 사람도 없다, 그는 고독을 잃어버린 적이 없었다

오랫동안 마음에 담아온 칠일이혼돈사(七日而混沌死)는 한때 기이하게도 약간의 공포와 함께
　상쾌함이 교차하는 이른 아침의 거리 풍경과 같았다

　낯선 학생과 몇몇 동네 시민들이 일찍 어디론가로 가고 있다

　비가 내리다 그친 쌀쌀한 첫겨울 아침 같다, 그러나 그 안을 우리가 들여다본 적이 없었다

123
삶의 애착이 어디론가 숨어버리고 나서 알 길 없는 미묘한 파장이 움직이고, 그리고
　번잡으로부터 벗어난 은밀한 비도덕적 비대칭적 자생을 향하는 욕망의 씨앗들이 저 깊고도 어두운
　무의식의 퇴적층 곳곳의 실핏줄 같은 구멍 속에서
　십모와 십이자(십이지)의 이름으로 꿈틀거린다

　불가피한 행로이자 숙명적 작동이다

　어떤 개시가 이상할 게 없었듯이 어떤 종말도 이상할 것이 없다
　이러는 것은 아마 그 미생 전과 그 미래 바깥의 끝 너머까지 상상한 적이 있기 때문일 것이다

그래서 무아는 자신이 없던 다른 시공간을 상상하고 늘 떠나고 있다

124

사람은 이미 그런 모든 것을 다 예지하고 내장하고 있는 존재다, 그들의 몸은 이미

예언적 암호임을 알고 있다

삶이란 그런 것들이 아직도 발견되지 않은 채 모든 유전자의 자국 밑에 있는 지나가는 그림자이며 비밀이다

모든 사람은 일어날 일이 일어나지 않을 수는 없다는 것을 다 알고 있다

그러면서도 그 집단의 생은 지나칠 정도로 만유인력처럼 자기 소멸의 끝을 밀어붙이고 끌어당긴다

그곳에 파멸이 아니면 출생이 있을 것이다

그것이 혼돈에서 멀어져버린 인류와 문명, 지혜와 선택이 지닌 본질적 우매성이었다, 하지만 인류와 국가, 시장은

그것을 인식할 수가 없다

인류는 한 사람의 사유보다 어리석을 수밖에 없다

125

소요란 말만이 혼돈사의 붕괴와 해체, 종말 사이에서 검은 날개를 퍼덕이며 떠돌 뿐이다, 기억을 되살리려는 듯이

아름답다, 등불 같은 너울거리는 거대한 어둠의 이동들! 날개들, 발짝 소리, 검은 그림자들, 그 속의 눈……

그럼으로써 우리는 끝없는 부지(不知)에 다다르고 쓸쓸하고 부질없는 앎을 놓아두고, 거기서 늘
무용한 것들로 다시 새로워질 수 있지만, 아무도 그 길을 가지 않고 폐쇄하고 금지하며 스스로 자신을 분리하고 던져버린다

126
종말이 저녁 눈처럼 온다 해도 한갓진 생각을 할 수 있는, 그 내부에 와서 놀고 있는
종말의 아이들과 친구가 된 지혜들, 그들은 오히려 비극과 종말의 예후를 즐기고 기다린다

모든 생명체가 공포로 위장된 어떤 마음들이 아니었다 하더라도!

그들은 우주 자연과 희롱하고 추종하고 소요하고 헤어지면서 같이 놀고 사라지고 나타나고 싶어한다

127
혼돈이 죽었지만 슬픈 것은 혼돈이 아니라 두 임금이다, 추

레하고 비겁하고 고루한 두 임금의 후줄근한 몰골

그들의 영광과 통치의 생에 무슨 의미가 있을까? 저 흐린 동해의 아침 해구름을 바라보는 한 어부보다 못한 덧없음이리

아니 그 두 임금만도 아니다, 저 책 바깥에 그들은 무수히 널려 있다

무아는, 오히려 혼돈사라는 문자 밖에 있는 인간과 만물의 꿈과 의지

갈등과 투쟁, 죽음 속에서 소외된 세상을 본다, 가을에게 미움을 받은 겨울이 봄에게 밀려나는 것처럼,

또 봄도 겨울과 여름에게 그리될 것이다

128

자연의 섭리에 짝을 맞춘 인간의 지혜 — 자연의 변화를 관찰하고 배우고 따랐으나 그것을 넘어서려 하면서

그 길은 위험한 미래를 예언했다

그것은 한 구체의 시공간 안에서 국가와 언어, 자연과 인간, 과학의 욕망이 소용돌이치는

물의 움직임〔예환지심(鯢桓之審)〕이었다

자기 전생(全生)을 보호할 길을 찾아가면서 파멸하는 것은

어쩔 수 없는 일이었다

129
물이 되지 않고선 연못〔소(沼), 연(淵)〕 속에 들어갈 수 없었다

종말에서 본다면, 원추꼴의 꼭지로 달려가는 인류의 시간은 느린 절차를 지닌
자연에 대한 반역이었다, 그와 함께 모든 광속의 빛과 빠른 말과 그 그림자들은 지혜의 환상이었다

감히 인간이 자연을 추모하고 감사할 일이 아니었다

130
이제부터 지혜의 벼리는 더 예리해지고 더 빨라지고 더 밝아질 것이며
더 잔인해질 것이다, 그들은 모든 역량을 끌어내 마지막 혼돈을 죽일 것이기 때문이다

무아는 그 미래 현대의 혼돈을 상상할 수 없다

혼돈이 죽고 없는 남해와 북해 사이를 상상하지만, 그곳은 간 곳이 없고, 가끔 쓸쓸한 바람만 불고
겨울비가 눈 대신 내리치곤 했다

등대엔 아무도 없으며, 부서진 몇 척의 배가 미래 환상 속에서 흔들리며, 떠내려가고 있다

2. 복희 팔괘의 선천도, 문왕팔괘의 후천도

131

주역은 희역(羲易)이고 숨을 내쉬는 이치이며, 팔괘(八卦)는 하늘·늪·벼락, 불, 바람·물·산, 땅이다

문왕팔괘는 우주 자연의 변화를 풀 수 있는 열쇠이자 설계도면

황하 강에서 용마가 지고 내려온 그림이라고 한다

132

복희팔괘와 문왕팔괘, 정역팔괘는 도상으로 볼 때 북이 아래쪽에 그려져 있으며 남은 위쪽에 그려져 있다

또 셋 다 도면상의 오른쪽이 서쪽이며 왼쪽이 동쪽이다

단, 이 사방위를 고정해두고 이 세 개의 팔괘도에 있는 팔괘(기호)는 자리를 바꾸는 등 요동치고 있다

살아 있는 역동학적인 우주이자 생이다

133

그런데 사실은 선천도가 나중에 그려졌으므로 선천도가 후천도이다

사람들은 선천도보다 문왕팔괘의 후천도를 선호하지만 우주가 만들어진 법칙과 변화를 상상하려면 선천도를 보지 않으면 안된다

과거는 오늘의 거울이다

그런데 왜 이렇게 팔괘도가 바뀌었을까* (권말 「**과거상상 미래기억**」 참고)

134
바람도 태고 때 오던 길로 오지 않고 대륜(大倫)도 사라지고 없으며, 그것은 대자연의 뜻이다

그 계절의 미미한 변화의 희미함과 밝음, 깊은 어둠을 보고 마음과 사람이 어찌 함께 동화하고 싶지 않았을까!

그것이 무엇이든 만들어보려 하고 같이 말하고 장난하려 하는 애상(哀想)의 생명체가 지닌 사랑이고 마음일 것이다

135
무아는 나침반 위에 있는 팔괘의 투명 그림판이 마구 돌아가는 상황을 바라보고 명상한다

복희팔괘도와 문왕팔괘도, 정역팔괘도에서 팔괘는 같은 자리에 있지 않다

단, 문왕팔괘도와 정역팔괘도에서 서쪽의 태(兌, 늪)와 동남쪽의 손(巽, 바람)만 일치한다

이것을 바로잡으려 한 사람이 조선의 김일부였지만, 자연은 요동치기 때문에 오만 년을 내다보았다 하지만

조만간 수정이 불가피하며 자연 변화의 예시가 불가능해질 것이다

지구의 동서남북이 요동치고 팔괘가 요동치면서 자리를 바꾸고 자신을 바꾸고 있기 때문이다

136

간(艮)은 산이 아니고 감(坎)은 물이 아니게 된다

남에 있던 하늘이 북서로 가고 북에 있던 물구덩이가 동북으로 가고 서북에 있던 산이 동으로 가는 등

기후는 예측불허의 대혼란에 빠져들었다

즉 팔괘 재앙의 대방황이 시작되었다

이것은 대자연의 천변만화이므로 인간이 어찌할 수 있는 일

은 아니다

137

무아는, 지구를 궁발로 만드는 모든 불행을 어쩌지 못해,

혼자 그 그림판을 양손에 잡고, 이리저리 돌려본다, 그것은 멀리 있는 우주와

가까이 있는 자연의 회전창(回轉窓)이다

무아가 몰래 팔괘의 북남과 서동의 자리를 옮겨놓는 것처럼 이제 정말 지구의 위아래와 좌우는

파국으로 치닫고 있다

138

서와 동, 북과 남을 구분할 수 없던 시절에 이 팔괘도의 다양한 회전과 변화, 이치가 가능했기에

지금까지 자연은 이 지구에서 인류와 함께했다

지구의 궂은 날씨 속을 걷는 한 나그네의 참담한 무지만이 그래서 저 어느 구석진 곳에서 빛날 뿐이다

선조들은 아름답고 신비한 자연 변화에 자신들의 몸과 생활과 마음을 의탁하고 준비하며 호응하고

극복하며 살아왔다

139

이 그림을 보고 있으면, 마음에 가을이 지나가는 하늘이 되었다. 봄이 오는 산이 되었다

그 몇십 층 아래쪽 땅바닥에 구름 그림자가 지나가고

이윽고 눈이 흩날린다, 지상에서 아이들이 눈을 보고 소리쳤다

그 시적 풍경은 집으로 가는 그 어느 길목에서도 만날 수 있었다

변화하는 우주 자연의 한가운데에서 자기의 위치를 어떻게 보고 느끼느냐에 따라

행복해질 수 있고 고독해질 수 있었다

방위와 자기 위치가 고정되어 있지 않고 얼마든지 바뀔 수가 있다는 것 자체가 자연이 준 위대한 선물이었다

따라서 언제 어디서나 무아는 중심이 아니었다, 먼 변방에 불어가다 떡갈나무잎을 흔드는

아무도 보지 못한, 기억 없는 바람이었다

140

팔괘도는 서로가 스스로 마음대로 돌아가는 어떤 우주의 나침반이고,

더 내밀하고 싶은 마음이 자연처럼 작용하려는 증표이다

어느새 마당에 다가와 서 있는 가을을 느끼기 위해서였거나
어느덧 내리는 눈발의 계절 속으로 질척이며 그곳으로 들어
가고 그것들과 하나가 되고 싶어서였을 것이다
분명코 선천도와 후천도를 그린 인물이
그 마음의 창거울[창경(窓鏡)]을 엿보고 그 안에 홀로 들어
가, 세상과 자연을 내다보며
무아처럼 다시 밝히고 즐기고 상상했으리

141
무아의 선조들이 의지하고 살았던 동북아시아의 팔괘도!

만물과 생명 그 자체가 우주와 자연이며 자가 생성, 성장, 소
멸의 순환 체계에 순응한 고마움과 희생의
신성한 존재들
이 하늘에 신이 존재하지 않을지라도 신성한 그 허공 높은
곳, 인간의 마음과 언어로나 가닿을 수 있는 곳
그곳을 누가 지배한다는 것은 상상할 수 없는 일이었다

티끌 하나 없이 텅 빈 것이 우주이며 자연이고, 온 생명체 모
두가 찾아와서 시끄럽게 살다 가는 이곳은
저쪽에서 보이는 이쪽의 우주이고 자연이며 그곳에서 모든
생이 태어나 살다가 사라지는 곳이다

우주와 자연, 있음과 없음 외의 것은 없다

142

모든 생명이 마음의 나침반에 동남서북(서북동남)을 고정시
키고 계절을 움직여 나가면서

의미 있는 자연의 변화를 느꼈을 것이다

계절이 변하지만 그 안에 있는 나 자신도 변하고 움직인다는
것을 같이 느꼈기 때문에

인간과 자연의 동행은 소요였다

무아뿐 아니라 그들도 가고 있었고, 무아도 그들의 마음속
한쪽을 지나가고 있었고, 그들도 그러했을 터이다

어떤 변화가 오고 마음이 흔들려도 하나의 바늘은 지금도 헤
아릴 길 없이 먼 북쪽을 가리키며 자기 자리로 돌아간다

그 하나가 방위를 지키면 나머지는 조용히 자기 자리를 찾아
그곳을 안주지처로 삼는다, 모든 생명체가 옷을 벗는 것이 영원
의 회귀였다

우리가 바로 그 우주의 집에서 살았다

143

북극성을 머리에 두고 동서남북이 한자리에 있지만 팔괘는

한자리에 있지 않는다

　삼백육십 도로 회전한다

　그것은 문왕팔괘의 경우, 동쪽 진(震, 봄, 천둥)과 서쪽 태(兌,
가을, 늪)를 횡대로 잇고, 남쪽 리(離, 여름, 불)와 북쪽 감(坎,
겨울, 물)을 축으로 세운다

　그런데 이 세 팔괘도를 똑같이 아래위로 돌리고 또 좌우로
돌려놓으면 지금의 사방위가 된다

　그곳이 문이 있는 곳이다

　그들은 끝도 없이 생멸로 인하여 돌아서 들어오고 돌아서 나
간다, 그것이 자연의 본질이었다, 바로 서려고 하는
　작은 바늘 끝을 보고 있으면
　지구의 풀과 아이들, 아침을 보는 것 같아, 신명은 돌아오고
아득해지고 만다

144
　세 팔괘도에서 무아는 대면과 예측을 거부하는 비대칭을 엿
본다, 아니 그 판 위에는 다른 초대칭의 그림자가 움직이는 것
같다

복희팔괘 선천도의 정남(그림의 위쪽)에서 시계방향으로 가면 팔괘는 손(巽) 감(坎) 간(艮) 곤(坤)이 되고

시계 반대 방향으로 가면 건(乾) 태(兌) 리(離) 진(震)이 된다

문왕팔괘에서는 시계방향으로 가면 곤태건감이고 시계 반대 방향으로 가면 리손진간이 된다

두 팔괘도는 서로 비대칭이다

사실 자연은 짝을 가지지 않고 사물은 독자적으로 자기 성정을 지키려 한다. 모름지기 범부와 진인은 이 성정을 따랐을 것이다

145

남북을 중심으로 보면,

복희팔괘도에서 그림 위쪽의 남이 건(乾, 하늘)이고 그림 아래쪽의 북이 곤(坤, 땅)이다

문왕팔괘도에서 그림 위쪽의 남이 이(離, 불)이고 그림 아래쪽의 북이 감(坎, 구덩이, 물)이다

정역팔괘에서는 그림의 위쪽의 남이 곤(坤, 땅)이고 아래쪽의 북이 건(乾, 하늘)이다

방위의 자리를 바꾸지 않고, 세 팔괘도에서 그 자리(방위)를 지킨 것은 문왕팔괘도와 정역팔괘도의

바람[손(巽), 팔괘도 상의 동남, 현 방위로는 서북]과 늪[태(兌), 팔괘도 상의 서, 현 방위로는 동] 둘뿐이다

146
또 동서를 보면,

복희팔괘에는 도면상 오른쪽의 서가 감(坎)이고 그림 왼쪽인 동이 진(震, 천둥 벼락, 요동)이고

문왕팔괘에는 도면상 오른쪽인 서가 태(兌, 늪)이고 그림 왼쪽인 동이 진(震)이다

정역팔괘에는 도면상 오른쪽인 서가 태(兌, 늪)이고 그림 왼쪽인 동이 간(艮, 산)이다

그러니까 정역팔괘는 앞의 두 팔괘를 결코 부정하거나 버리지 않고 자연 현상과 변화에 맞게 수정하고 변혁하며
자연의 발자취를 놓치지 않고 쫓아갔다

147
고진인(古眞人)들은 변하는 우주 자연 속의 인간이 되고자

했던 사람들이었지

　자연과 분리되고자 하는 현대인들이 아니었다

　쥐와 소, 호랑이, 토끼, 용, 뱀(이제 이들도 모두 사라지고 있
지만!) 등 그들도 탄식하지 않을 수 없는 일이다

　세 그림은 큰 차이와 변화를 보여주지만, 이 우주 자연과 세
계를 통찰하는 예언자는

　현재 이 지구엔 존재하지 않는다

　모든 인류와 국가, 기업과 사회, 가족, 인간이 빛의 눈구멍 속
으로 들어가 자취를 감추었다, 그들은

　다시 어둠의 눈구멍 밖으로 나오지 못할 것이다

3. 춘하추동의 자연에 선악의 구분은 없다

148

문왕팔괘도를 현재의 동서남북 좌표에 놓고 방위로 보면

맨 위가 북이며 그 오른쪽으로 돌아가면서 북동, 동, 동남, 남, 남서, 서, 서북이 된다

이곳에 십이자가 보인다

즉 12자의 자축인묘진사오미신유술해(子丑寅卯辰巳吾未申戌亥)를

조용히 방위를 살피면 마음은 자연인 양 재미있다

자축인의 자가 북이 되고 축이 북북동이 되고 인이 동북동이 되고

묘진사의 묘가 동이 되고 진이 동남동이 되고 사가 남남동이 된다

또 오미신의 오가 남이 되고 미가 남남서가 되고 신이 서남서가 되며

유술해의 유가 서가 되고 술이 서북서가 되고 해가 북북서가 된다

149

즉, 축은 정북의 자에 치우쳐 있고 인은 정동의 묘에 치우쳐 있다

이 축인이 자기 마음이 가는 쪽으로 각각 붙어 있는 것을 사람이 어찌할 수는 없는 일이다

그것은 그들이 태어나서 살고자 하는 방위이고 마음이다

그것을 건드려선 안 되며 사실 막을 수도 없다, 인간의 어떤 마음은 그 정북과 정동에서서 왔을 것이다

150

여기서 자가 쥐고 축이 소고 인이 범이고 묘가 토끼고 진이 용이며 사가 뱀이고

오가 말이며 미가 양이고 신이 원숭이고 유가 닭이고 술이 개이고 해가 돼지다

또 갑을은 파랑이고 병정은 빨강이며 무기는 노랑이고 경신은 하양이며 임계는 검정이다

이 열두 아들딸의 형상과 다섯 가지 색을 떠올리면 자연은 더없이 다채롭고 조화롭다, 마치 사람의 마음 같다

151

또 정북의 자(子)는 겨울이며 일 년이 시작하는 바람이 부는 추운 곳이다, 추위는 위치가 아니라 떠도는 영혼 같다

그리고 자에 치우쳐 있는 축까지가 겨울이다

그다음의 인묘는 입춘이고 경칩이고 춘분이다

사람들은 그 절기를 맞는 보람과 기다리는 희망으로 살았다

그렇게 말의 여름이 가고 또 가을의 술이 가고 나면 겨울의 해가 와서 입동이고 소설이다

유정하다, 모든 인간과 생명은 그 안에서 시절을 보낸다

생각할수록 즐겁고 신묘하다, 어느 생이 살고 싶지 않으랴만, 어느 겨울 양지는 이것들이 와서 놀다 간 것을 보고 생각했을 것이다

이 모든 자연과 마음의 조화를 기호로 그려낸 것이 팔괘이다

152

마음에 재미가 있어 열두 아들딸을 생각하며, 저 우주 자연의 팔괘도를 떠올리며, 감은 눈으로 그들의 움직임을 바라본다

나의 부모이고 나의 아이들이다

문왕팔괘 그림을 그대로 두고 먼 위(남)로 올라간다, 뒤로 돌아서서 아래를 내려다본다
까마득하다

올라오기 전의 오른쪽이 왼쪽의 서가 되고 올라오기 전의 왼쪽이 오른쪽의 동이 된다, 팔괘도는 그대로 두고 무아만 자리를 바꾸었다

153
그림 위로 올라가 돌아선 그 자리에서 팔괘도를 왼쪽이나 오른쪽으로 백팔십도 돌려서 다시 내려다본다

몸이 바람이 되어 소요하던 바로 그곳이다

그림에 올라오기 전 그림의 왼쪽에 있던 동쪽이 현재 사방위의 서쪽에 가 있고
그림에 올라오기 전 그림의 오른쪽에 있던 서쪽이 현재 사방위의 동쪽이 된다

그렇다면 현재의 사방위에서 문왕팔괘의 동서남북으로 돌아가려면 조금 전에 왔던 그 길로

그림판을 돌리고 다시 내려가서 그림을 봐야 한다

그 역의 상상이 어떻게 가능했을까? 아마도 그림의 밖이 아닌 자연(팔괘) 안에 들어가 밖을 내다보았을 것이다

154
여기서 한 번 더 우주적 변화 속에 참여한다

팔괘도의 위아래를 뒤집는다면, 아니 그러지 말고 무아가 물구나무서서 거꾸로 팔괘도를 쳐다본다면(?)

위에 있는 남이 아래로 내려가고 아래에 있는 북이 위로 올라갈 것이다
이때 문왕팔괘의 아래에 있는 감(坎)도 위쪽 북으로 올라서고, 위에 있는 리(離)도 아래쪽 남으로 따라 이사할 것이다

이것이 정역의 정위(正位)라 하지만, 세 팔괘도의 본질은 변함이 없다
동서남북은 그대로 있고 팔괘가 움직인다
만약에 움직이지 않고 자리를 바꾸지 않았다면 자연과 마음은 파괴되었을 것이다

155

이렇게 팔괘가 어느 쪽으로 돌아가든 동서남북의 해가 지고 뜨는 곳은 같고 남북은 변함이 없다

모든 자연 현상은 그 네 귀를 잡고 놓지 않으며 요동친다, 역시 놓았다면 파괴되었을 것이다

즉 동서남북은 그대로지만 팔괘는 한곳에 있지 않고 자리를 옮겼다

그것이 자연과 기후의 변화였다

그러나 알 수 없다, 해가 뜨고 지는 곳도 변할지 모른다, 이 우주 자연에 다른 정역이 있을 수 있다* **(권말 「과거상상 미래기억」 참고)**

아니, 먼 태고에 자전과 공전의 대변이 있었을 것이다

결코 없었을 리가 없다

156

바로 저 팔괘 안쪽의 텅 빈 중심에 혼돈[카오스, 미지(未知), 무근(無根)의 미시전]이 있기 때문이다

수많은 무아는 그 알 수 없음을 혼돈과 중앙으로 삼고 미래에도 오지에서 살아갈 것이다

철써기로도 도롱뇽으로도 산풀로도

이들은 반드시 대칭적이지 않고 절대 비대칭적이지도 않다

팔괘도는 변하는 우주 자연이 되고자 했던 인간의 꿈 그 자

체였다, 자연과 분리되고자 한 사람들이 아니었다

157

사는 것이 재미없어진 사람도 이것을 알게 되면

어쩜 벌써 다 살아버리고 그곳으로 가버렸을지 모르지만, 아무것도 하지 않고 살 수 있는

마음의 기미와 싹이 돋아나는 것을 느낄 수 있을 것이다

마치 대한과 입춘 사이의 어떤 작디작은 입자 같은 반짝임이 나와서 옹기종기 서로 다투는 것을 본다면 말이다!

그 작은 것들도 함께 살아야만 했다

그래서 우리도 살고 싶어지고 사랑하고 싶어지는 마음을 내고 닮고 싶지 않았을까? 그러면서

자기가 아닌 것들을 미워도 했으리

158

이 팔괘의 그림은 허무를 이겨내는 자연과 내부 순환의 기쁨을 그린 소리였다

그 모든 작용도 마치 지혜로운 아이가 장난하고 있는 것 같은 모습이다

그 어느 무엇도 저 태극과 음양, 팔괘(八卦)를 지나가지 않는 시간과 자연과 물체, 생명체는 없을 것이다

죽음조차 그 안에서 부패하며 작용하고 꿈꾸어야 한다

159

선천도를 보고 있으면,

계절과 기후, 몸과 마음, 자아와 타자들이 동시에 움직이는 것이 보이는 듯해
멀리 나와서 자연을 뒤돌아보는 것 같은 즐거움이 있다, 사라지고 나타나고 지나가곤 하는 자연의 모습들
그 속에서 모든 존재와 생은 특별하다, 모두 친구고 어버이이고 애인들이다

모양만 다를 뿐, 모두 같은 길을 간다, 먼 산정에 내리던 흰 것들이 먼 해안의 우리 집까지 달려가서
한 차례 흩날리던 강설 같은 마음이다

조금 달라도 만물은 동일하다

160

그러니 자연에게 선악과 시비가 없다, 모두 자연의 아이들이

고 십모이고 십이자의 핏줄들이다

인간이 만든 선악과 시비는 경계심과 차별, 탐욕에 치우친 인
간중심적 가치이다
혹독한 겨울은 여름이 남긴 가을을 추살(秋殺)하지만, 그 잘
못을 기억하여
멀고도 먼 곳에서 자기를 쓰러뜨리고 봄을 불러온다

저렇게 분주하고 바쁘게 뿌리고 주고 돌아가는 저 가여운 것
들에게 무엇을 나무라고 탓하고 부족할 것인가(?!)

모두가 고행하고 남김없이 모두 주고 돌아가는 길이다
일생일사이며 독생독사(獨生獨死)이다

161
마음의 태극과 음양, 인생, 우주의 팔괘가 쉬지 않고 돌아가
는 것이 눈깜작이며 영원이다

언제 내가 너와 친구였으며 다른 시간에 태어나서 같은 시간
에 죽었으며 우리가 모르는 사이였던가

십모(十母)는 십간(十干, 十幹, 줄기) 즉 어머니이고 십이자
(十二子)의 아들딸이다

162

모든 우주 자연의 생명이 찾아와 함께 공존하는 지구는 무료
함도 덧없음도 의문도 틈도 없는 무한소요의

파광(波光)과 소용돌이 그 자체이다, 그곳에

별개의 아버지와 어머니, 아들과 딸, 남편과 아내는 없다, 모
두가 하나이면서 다 다르게 살다 간다

그들 외 다른 후손이 살 까닭이 없는 지구이다

후천도 없이 선천도가 없으며 선천도 없이 후천도가 없다, 개
방적이고 견고한 것이 같이 있어야 한다, 모두가

음효와 양효가 서로 다르지 않고선 서로 마주 볼 수가 없고

이 우주 속에 서서 홀로 존립할 수가 없다, 독존(獨存)은 상
대를 존재하게 한다

163

사위와 마음이 캄캄해지고 우울해지면, 거짓 소통에 지쳐 어
둠과 고요, 혼돈과 폐쇄가 그리워서

선천도를 꺼내 들여다본다

선천도는 개인적이고 직관적이고 관념적이며, 하늘과 땅과 바람
과 산과 더 직접적이고 원형적이면서 도덕과 사회성을 초월한다

그 정도도 되지 않는 자연이라면 인간이 그 속에서 무엇을
더 배울 것인가?

선천도에도 후천도에도 팔괘만이 중심일 수는 없다, 지금도
그 축은 자연과 마음속에 따로 있지 않는 것은
혼돈의 땅 그 오(5, 문왕팔괘도에 없는 양수)가 보이지 않기
때문일 것이다
그 어떤 증거도 없다, 마음은 꼭 증거물을 필요로 하지 않는
다, 비추면 되고 받으면 족하다

4. 산에 뛰어오는 저 봄을 보라

164

위대한 자연의 거울이다

지황씨, 천황씨, 복희씨, 용마, 문왕, 장자, 소옹 그리고 그 모든 것과, 예컨대 풀대를 흔들고 사라지는 미풍과
먼 동남의 햇살 한 줄기부터 티끌 하나에게까지

스스로 찬탄하지 않을 수 없다

165

무아는 까닭 없이 기쁜 나머지, 물을 찾으며 해를 잡고자 뛰어가는 과보처럼

팔괘 판을 들고 시계방향으로 달려가서, 동에 있는 것이 북에 오게 하고 서에 있는 것이 남에 가게 한다

그러나 동에 있는 것이 북으로 오지 않기도 하며 서에 있는 것만 남으로 가기도 할 것이다

또 어느 날은 북을 들고 동으로 가면 북에 있던 것들이 동으로 가지 않고 북을 향해 서려고 하는 마음을 느낀다

이것은 대혼란 같지만 자연의 대유희(大遊)다, 세 팔괘 그림이 이미 그렇게 놀았고 움직이고 있다

하지만 지금은 그 아름다운 우주 자연과 마음의 유희는 버려지고 사라지고 있다

이미 서로가 하나도 아니라고 하며 아름다운 대극도 거부하고 허공에 지나가는 궤도는 덜커덕거리고 비걱거리고 있다

166
천지 기후가 마구 바뀐다, 대한에 비가 오고 여름에 눈이 쏟아지고, 혹서와 혹한이 아무 때고 몰아친다, 길이
없다, 문득 한낮도 밤이고 겨울과 봄이 혼숙한다, 선천 개벽 때 같은 후천 개벽의 징후이다

혼돈이여, 어찌 이것이 이변(異變)이랴!

시은의 서가에서 무엇을 할 수 있는가, 무아는 손을 내려놓지 않는 이상 그 무엇도 할 수 있는 것이 없다
고작 창틀을 단속하랴, 바다를 나가 보랴

흐린 구름빛은 그 길을 따라가며 흙에 서서 명상할 뿐이다

167

후천도와 선천도는 차이가 있지만 그 본질과 대의는 다르지
않다

살아남기 위해 계속 작용하고 자전하고 기르고 돌려보내기
위해 우주 자연도 변해야 새로워진다
　그 변화를 주시하고 선천도를 그린 사람이 소강절(邵康節, 소
옹, 1011~1077)이다. 그는
　벼슬을 거절하고 낙양에서 농사를 지은 시은(市隱)의 학자로
살았다

물론 그는 하늘에 인격적 존재가 있다고 여겼다

168

북해(北海) 이지재(李之才)로부터 하도낙서(河圖洛書), 천문,
역수(易數)를 배우면서 그는
　음양의 변화 때문에 삶이 불확실하다는 것을 깨달았다

그는 만물이 하늘과 사람의 도인 태극(太極)에서 비롯된다고
주장했다. 우주 만물의 본체이자 근원인 태극은,
　천지가 나뉘지 않고 만물의 개체와 생명의 의식(눈, 귀, 코

등)이 있기 전의 상태 즉 혼돈이다

그 태극을 둘러싼 것이 음양이었다

역경(易經)에서 말하는 역유태극(易有太極) 시생양의(是生兩儀, 양의＝음양)가 도며 작용이다

그것이 바로 장자의 혼돈이었다

169

역학에서 시계방향으로 가는 것이 좌선(左旋) 태극이고 반대방향으로 가는 것이 우선(右旋) 태극이다

이것은 태극의 입장에서 보는 방향이다

즉 팔괘의 방향이 그 그림 밖의 사람의 시선으로 보는 것이 아니라, 그 안에서 우주 자연의 주체가 되어 본 것이다

즉 쌍방향 운동이다, 이는 비대칭을 넘어 초대칭의 다극 운동이다, 바람이 사방으로 부는 것과 같다

인간이 우주의 주체임에도 그 안에서 보는 이 마음은 놀라운 시각이다

그것을 본 사람은 분명 그 바람에 몸을 실었을 것이다

170

복희팔괘에서는

동이 리방(離方, 현 방위로 볼 때 그림의 서쪽, 팔괘의 주체가 되어 이쪽을 내다볼 땐 오른쪽)으로 여름에 해당하지만

문왕팔괘에서는

동(東, 현 방위로 볼 때 그림의 서쪽, 팔괘의 주체가 되어 이
쪽을 내다볼 땐 오른쪽)에 진방(震方)이 있다

즉 복희팔괘 때는 동쪽이 여름이었을지 모른다,

또 문왕팔괘 때는 지금의 서쪽이 동쪽이었을 수도 있다

깜짝 놀랄 상상이다

171
동쪽과 동북쪽의 이 진방에서 만물의 생동하는 봄이 시작한다

어찌 봄의 진방이 복희팔괘도에서는 동북쪽(현 방위로는 서
남쪽)에 있으며,

문왕팔괘도에서는 동쪽(현 방위로는 서쪽)에 있고

정역팔괘에서는 서북쪽(현 방위로는 동남쪽)이 되었을까?*
(권말 「과거상상 미래기억」 참고)

봄과 천둥이 예민해서 자리를 자기 뜻대로 옮긴 것일까, 아니
면 변심한 것일까?

한편, 우주 만물 속에서 내다보는 선인들의 내밀한 관찰이
놀라울 따름이다

실로 먼 곳에서 찬탄할 따름이다

172

저 뛰어오는 봄을 보라, 그가 신발을 신었는지, 머리는 감았는지, 옷은 갈아입었는지, 지저귀는 갈았는지

부서지고 깨어지고 긁히고 문드러진 손톱과 구름, 파도와 바람, 모든 나뭇가지 끝, 물, 구름, 흙 알갱이들까지

곳곳에서 눈 뜨는 모든 생명이 아픔을 시작한다

이 모든 생성과 성장, 소멸, 회귀가 왜 일어나는지를 따질 수 없다, 그것은 태극과 양의(兩儀)의 일

173

아직도 이 지구의 사계절은 문왕팔괘가 다스리고 있다

북이 감(坎, 물, 구덩이로 그림의 아래쪽)이고 남이 리(離, 불, 여름, 성장으로 그림의 위쪽)이다

복희팔괘도(선천도)의 동북쪽에 있는 진(震)이 복희팔괘도의 리가 있는 동쪽 자리로 옮겨가면서 정동쪽이 되고

복희팔괘도의 정동쪽에 있던 리는 문왕팔괘에서 그림의 위쪽인 남쪽으로 이동하면서

이방(離方, 현 방위의 북쪽)이 되어 만물을 활발하게 성장시킨다, 그것이

문왕팔괘(후천도)의 리(離)이고 여름이다

174

그 여름의 리는 복희팔괘에서는 동쪽(현 방위로는 서쪽)에
가 있고

정역팔괘에서는 서남쪽(현 방위로는 동북쪽)에 가 있다

여름이 바뀌었다는 것은 지구 공전(公轉)이 바뀌었다는 것을
의미하지만

아무도 상상하지 못했을 것이다

현 방위상으로는 위쪽이 겨울인 북쪽이다. 그런데 후천도에
선 위쪽에 여름인 리가 가 있다

이것도 단순히 그렇게 그려진 것이 아닐 것이다

과거상상으로는 북쪽에 여름이 있었고(?!) 남쪽에 겨울이 있
었다(?!)

175

문왕팔괘의 음양오행은 만물 숙성의 리(여름, 남)를 지나 태
극의 머리를 남서쪽〔곤방(坤方), 현 방위로는 동북쪽〕으로 두고
흙〔토(土), 중앙의 혼돈〕을 지나간다

이곳에서 다시 서늘한 서쪽〔태방(兌方), 곤충들과 잎이 반짝
이는 늪의 시간〕으로 이동하면서 가을에 당도하여

열매를 자연에게 내주고 잎을 떨군다, 모든 것을 놓아야 하는
시간이다

그곳이 가을이다, 남루한 듯 금체[金體, 원형(原型)]로 서 있
는 모든 생명은
향기로운 늦가을과 황량한 초겨울 근처에 이미 와 있기 마련
이다

176
수확기를 거친 다음, 모든 생명 작용은 서북쪽[건방(乾方),
아무것도 없는 듯 텅 빈 하늘]에서 음기의 극에 달하여
반대편의 지나온 손방을 바라본다
그곳엔 지금 손방(巽方, 바람)이라고 할 수 있는 그 무엇도 남
아 있지 않다
자연만이 이렇게 자신을 완전하게 비울 수 있다

마지막으로 만물이 귀장(歸藏)하는 북쪽[감방(坎方)]에 다다
른다, 실로 그러지 않은 적이 없었으나
가득 찬 창고도 어느 시대나 쓸쓸하고 허전했다

177
모든 생명의 영혼은 건(하늘, 동북아에서는 이 영역은 미지의
영역으로 남아 있다)으로 돌아가고, 씨앗들은
어둠 속의 감(坎, 겨울, 물)에 숨어 봄과 아침, 목(木)의 인연
과 생기를 기약할 뿐이다

이렇게 헤어져야만 우주 자연이 너 자신이 아닌 다른 너를
겨우 태동시킬 수 있다

우리 모두 그 순환 속에 왔다가 간다
따라서 인생은 와서 사라지는 자연 순환과 같다

178
문왕팔괘에서 북쪽에 자리 잡은 감 방위! 그러나 그림 상으
로는 아래쪽이다

저 까마득히 먼 아래쪽의 북쪽,

모든 생명의 모양을 꿈꾸는 곰지락거림과 눈과 무늬와 무명
(無名)의 고향 감방(坎方)!
동서로 45도의 폭으로 벌려져 있는 북방(北方)

캄캄한 그래서 더욱 별이 빛나는 북쪽의 어둠과 얼음 구덩이
를 향해
스스로 정신과 몸이 들어간다

179
아무것도 없는 차가운 거울이지만, 이곳에 약속된 생명의 단

서와 서로 깍지를 꼈을 것, 꽁꽁 얼어붙은

땅속의 얼음과 돌, 흙

그곳엔 눈과 귀도 없을 것

그 먼 곳에서 어떤 형상과 유기적인 몸으로 한 시절을 보냈으나, 그들 모든

영혼의 육신들이 찾아 돌아와 숨은 퇴적의 은밀한 곳

어느 것 하나 이곳에 와 있지 않은 것이 없는 물과 흙이 얼어붙은 구덩이,

춥고 어둡고 먼 곳……

이곳이 없이는 동쪽을 내다볼 수도 없고, 이곳에 오지 않고선 저 먼 의식 밖에서 그 몸의 생명과 형상을 기다릴 수 없다

한 번씩 왔다 간 기억을 간직한 곳

180

여기서 머물지 않고 다시 겨울이 밀려나가는 북동쪽[간방(艮方), 산]에 다다른다, 그곳이

문왕팔괘의 간(艮, 산, 다시 죽음과 고요를 어긋나게 하고 깨어나게 함)이다

어디선가 들리지 않는 천둥이 치고, 지상의 구름과 절벽, 나뭇가지가 벼락에 떨어지며

어금니에서 음악이 울리며

생명의 이름들을 불러낸다, 그곳에 무아도 있었다

이곳에서 다른 생명의 싹에 해당하는 언어와 옹알거림과 읊

조림들이 그 시간에 맞춰 이 세상으로 돌아오기 시작했을 것

우리가 소년 소녀 때 보았던 것들처럼

181

문왕팔괘도의 동서남북(현 방위로는 서동북남) 진태이감(震

兌離坎)은 아직도 진행 중이며,

때론 정역팔괘가 들어와 작용하고 때론 복희팔괘가 개입하지

만,

이미 우주 자연의 한계는 마음속에 진입했다

그것들은 다시 뒤돌아 그 아름다운 개벽의 구멍 밖으로 빠져

나가지 않을 것이며

빠져나가지 못할 것이다

정위가 바뀌고 대기가 오염되면서 부서지고 불타고 황폐화한

수많은 늪과 산과 바람과 하늘과 땅은 이미 죽었다

지구를 멀리 내놓고 침묵하는 우주의 밤 속에 혼자 서서

상상하는 팔괘도는, 불안한 회전과 위험한 생존의 반전을 계

속하고 있다, 아슬아슬하게 건너가는 낮반달처럼

182

그리고 이 팔괘가 서로 겹친 적이 없었지만, 앞으로

자연 파괴, 훼손에 의한 생태와 순환 회복의 불가로 팔괘가
서로 겹치고 충돌하면서 이미 파멸의 시대로 접어들었다

그 남해와 북해의 전쟁이 어떤 교활한 모부와 이간의 말로
혼돈을 죽이게 되었던 것일까?

가까워지지 말아야 하는 것이 너무 가까워지거나 멀리 떨어
져 있어야 하는 것이 멀리 있지 않거나 한다면 그것은 붕괴의
시작이다

파멸은 수리되지 않고 고통을 악화시킨다

183

그러니 복희팔괘에서 간(艮, 산)과 태(兌, 늪)가 마주 볼 진정
하나가 되어선 안된다

또 문왕팔괘에서 건(乾, 하늘)과 손(巽, 바람)이 마주보되 가
까워져서도 안된다

정역팔괘에서도 진(震, 벼락)이 손(巽)과 내통해선 안된다

서로 거리를 두고 적당히 대극해야 하는 것이 자연과 생명의
법칙이다, 그 법칙은 이미 모든 곳에서 깨지고 있다

그들이 살 길은 단 하나,

복희팔괘에서 남의 건(乾) 좌우에 태(兌)와 손(巽)이 있어야
하고, 문왕팔괘에 남의 리(離) 좌우에 손(巽)과 곤(坤)이 있어야
하며

정역팔괘에서 남의 곤(坤) 좌우에 손(巽)과 리(離)가 있어야
하리

184

친구여, 멀리 있다고 더 멀어져서도 안 되고 친구도 적도 너
무 가까이 다가와서도 안 된다

그들의 이념과 미움과 투쟁, 생태 오염과 기후 파괴가 팔괘를
죽이고 위치를 빼앗아 갔다

가까이 있어서 떨어질 수 없고 멀리 있어서 가까워질 수 없
다, 멀리 있는 것 같고 서로 안 보는 것 같아도

견제하고 그리워하고 걱정하지만, 끝내 살아선 서로가 서로
에게 갈 수 없다

그대가 무엇을 발견하고 무엇을 선물로 들고 오든 파국만 앞
당길 뿐이다!!

185

사실 우리에겐 다른 길이 없다, 그 길 끝에서 우리는 돌아갈
수 있는 길을 잃었다

문왕팔괘에서 동쪽의 진이 동남의 손(巽, 바람)에게 건너가
야 리(離, 불)에게 갈 수 있다
친구와 이웃을 통해서만 건너갈 수 있다, 그러나
물이 흐른다고 건너가지 말라, 고독히 너의 자리를 지켜라

우리가 마지막까지 살았던 그 어제까지만
삼라만상은 마치 가운데 있는 혼돈(형상이 없는 태극)을 향
해 팔괘와 삼백예순넷의 효(爻)가
자연과 마음의 노래를 부르고 움직이며 가는 소요 같았다

훈민정음 해례본 '제자해(制字解)'는 어금닛소리는 나무이고
봄이며 뿌리 된다 했던가

186

이 음양은 사실 간단하게 말하면, 눈도 귀도 코도 입도 없는
태극이 우주 속에 우뚝하니 멈춰 서 있고
그 저쪽에 눈과 귀, 코, 입이 있는 지구라는 작은 행성의
자전과 공전으로 일어나는 끊임없는 자기 법칙의 보존을 위
한 자생 운동이다

지구가 둥글지 않다면 음양은 이 지구에 없었을 것이다

약간 한쪽으로 기울어져 있음으로 해서 지구는 안정감을 지
니며, 그것이
스스로 더 깊이 생각할 수 있는 가장 편하고 적절한 자세를
취하며 태양계의 자기 궤도를 돌 수 있었다

187
우리는 알 수 없지만, '그때 그곳'의 남쪽과 북쪽 사이에 사라
진 혼돈의 땅 중앙이 있었을 것이다

그러나 혼돈은 보이지 않는다, 눈도 귀도 코도 입도 없는 그
중앙의 임금도 보이지 않는다

신성한 모든 땅이 그들의 영혼과 함께 파헤쳐지고 불타고 죽
었다

남쪽이 남해고 북쪽이 북해면 양쪽이 물이다, 그것도 무서운
임금의 바닷물이 혼돈의 땅을 집어삼키고 궁발로 만든 것일까?

파도치고 번쩍이는 바닷물의 범람이 닥쳐온다는 말일까, 우
리를 구할 수 있는 팔괘도는 없는가?

188

복희팔괘를 보며 땅[곤(坤)]은 간(艮, 산)과 진(震, 벼락) 사
이에 있고

문왕팔괘를 보면 땅[곤(坤)]은 리(離, 불)와 태(兌, 늪) 사이
에 있고

정역팔괘를 보면 땅[곤(坤)]은 손(巽, 바람)과 리(離, 불) 사이
에 있다

우리는 산과 벼락과 불과 늪, 바람 속에 있다, 지구의 미래에
하나의 고통만 오지 않을 것이다

감위수(물바다), 간위산(艮爲山, 첩첩산중) 등 여러 난처가 동
시에 발생할 것이다

문명의 폭력과 자연이 반발한 일상의 재앙이 만든 자연 재앙
이 동시에 지구를 덮칠 것이다, 칠일이혼돈사는

먼 과거에 남해와 북해가 혼돈(중앙, 도, 태극)을 살해한 것
을 기억하고 미래를 내다보았다

5. 사람과 지구의 감위수(坎爲水)

189

감위수(坎爲水), 감은 물이며 구덩이다

위도 물이고 아래도 물인 괘이다
감위수는 택수곤(澤水困)과 수뢰곤(水雷困), 수산건(水山蹇)
과 함께 사대 난괘이다

아래도 물이요 위도 물인 이 괘에 담긴 그 감위수괘의 서사
는 오랜 과거로부터 전해져온다

190

겹겹이 둘러싸인 감담[坎窞, 송장을 묻는 광(壙)] 밑바닥에서
옆으로 뚫린 비좁은 땅굴에 포로가 감금되어 있다

그곳은 캄캄한 습감(習坎, 겹겹의 굴)이다

그곳엔 포로와 흙구덩이밖에 없다

191

포로의 몸은 포박되어 있다〔험(險)〕

혼자 밧줄을 풀 수가 없다

살아 있으니 살아 있다 하겠지만, 그에게 현재까지 희망은 없
다, 사방에서 북소리가 들려온다
어떤 사람들일까? 불안하다, 포로를 구하러 오는 사람들의
북소리인가,
죄인을 데리고 갈 사형 집행자들의 발짝 소리인가?

192

한 잔의 술〔준주(樽酒)〕과 제기(祭器)가 노끈에 걸려 안으로
내려온다, 옥리가
저렇게 하는 것으로 보아 잘못이 있는 것은 아닌 모양이었다

그 술잔과 안주가 죽음 앞의 생처럼 차갑고 쓸쓸하다

감위수(坎爲水) 괘는 벗어날 수 있는 괘가 아니다, 아무도 그
를 기억하지 않을 것이며,
가족에게 전해지지도 않을 것이다

그는 아무도 알지 못하는 감담 속에서 죽었다

193

중앙의 임금은 그 죄인이고 혼돈의 칠규는 그 광이며 죽음은
그 재기와 술인가?

죄인들은 죄를 덮기 위해 죄를 짓는다
지혜가 숨어 있는 새로운 지혜를 발견한다, 낡은 지혜의 틀을
부정하고 새로운 체제를 위해 살해를 감행한다

혼돈의 임금은 왜 그 감담의 형국에 처해졌을까?

194

그 포로가 중앙이 아닐까? 아니, 이 지구가 아닐까? 혹시 저
과학이 아닐까?

여기서 감위수를 잊고 가뭇없는 창공에 떠도는 바람의 행방
과 한 점 솔개그늘을 떠올려본다

바람은 남해와 북해로 돌아다니다 절기가 되면 제각각 돌아
가고 다시 옷을 갈아입고
중앙의 땅으로 오래된 언약처럼 돌아온다

바람은 계절이 키운 나뭇잎에 가서 흔들리고, 저 창망한 바

다의 물결을

헛되이 일으키고 사라진다, 그것들의 오고 감이 이 지상의 아름다움이고 생성소멸들이다

195

바람은 그런 허무의 감정과 무관하게 불어오고 불어간다, 그리고 뜻있게 물결을 일으키고 덧없이 지운다

그것들의 오고 감과 남김과 잃음과 비움과 채움의 변함은 자연의 즐거움이다, 사람을 비롯한 모든 생명이 그것을 알아야 하는 그 까닭이 있었으니

햇살이 홀로 산길에 떨어져 뒹구는 낙엽을 발로 차며 걷는다, 우리가 발견하지 못하는 자연의 모습이다

196

서풍이 불기 시작한 지 45일이 지나 입동 무렵이 되면 서북풍이 분다

서북풍이 45일 동안 불다가 동지가 되면 북풍이 불어온다, 소년과 노인의 뼈가 아픈 계절이다

197

다시 45일 동안 북풍이 불다가 입춘이 되면, 북풍이 길을 열어주고 동북풍이 불어온다

동북풍이 또 45일을 쉬지 않고 불면 춘분 무렵에 동풍이 불어오고, 다시 그로부터 45일이 지나면
동남풍이 찾아온다

198

덧없는 사라짐과 회귀!

우리가 있지 않을 때 그러했으나 우리가 없어진 다음에도 과거처럼 순환은 변함이 없을까?
있을 수 없는 의문인가?

헤아릴 수 없는 구멍의 산길과 샛길과 허공 길과 이면도로와 골목길과 큰길로 하늘로 바다로
바람은 통과하고 있을 것이다

회귀의 덧없음도 결실도 적멸도 없는 태양과 바람의 나라가 있었다고 대체 누가 어디서 추억할 수 있을까?!

199

그 동남풍이 45일 동안 불다 보면 하지에 다다르고, 그 무렵
남풍이 불기 시작한다

남풍이 45일 동안 북으로 불어대면 입추가 오고
바람은 다시 서남풍으로 길을 바꾼다

다시 그 서남풍이 45일 동안 불다 보면 스스로 물러나고 서
풍이 불기 시작한다

200

회남자가 노래한 어김없는 팔풍(八風)의 바람길이다, 바람은
다시 불어오고 사라지고
다시 찾아와 얼굴에 스치고
너도 나도 없는 빈 나뭇가지와 마음을 흔든다

언제나 서풍은 다시 동풍으로 돌아갈 것이고 이 풍향은 영원
해야 했다

자연 만물이 스스로 알아서 돌아가니 걱정이 없고 가만히
있어도 만복이라면 만복이었다

201

그 누구일까, 무아는 혼돈이 없는 계절이므로 이 팔풍을 타고 돌아다녔으면 좋으련만

마음의 풍기(風氣)는

서쪽에서 불어오는 바람을 거꾸로 돌리는 후천도의 그림판 같아라, 그래서

시계방향으로 가는 뚜렷한 것이 있었으면 시계 반대 방향으로 가는 그 무엇도 있었으리

그러나 누가 혼돈이 가져간 죽음의 비밀을 알 수 있을까?

202

다만, 무아는 혼돈이 사라지면서 서로에게 더 강하게 반응하는 두 음양의 미세한 변화를 삶에서 즐길 뿐,

다른 방향으로 갈 길은 없었다

동쪽에서 떠오른 해는 서쪽을 향해 남쪽 하늘을 지나간다

사람들은 남쪽의 해를 향해 집을 짓고 남쪽 하늘을 보고 살아왔다, 그래서 팔괘도에 남이 위쪽이 되었다

모든 생명은 남쪽으로 창과 구멍과 눈을 내고 살아간다

군주들이 남면(南面)하는 것도 이 까닭이었다. 그 남쪽에 백성과 모든 생명이 살고 성장하고 추수하고 사라지기 때문이다

그곳에서 그들의 입을 즐겁게 해주고 배를 채워줄 양식이 올라왔다

203

장자가 호자(壺子)를 통하여 계함(季咸)에게 보여준 네 단계의 경지가 있었다

호자가 처음 계함에게 보여준 습회(濕灰)의 상은 두덕기(杜德機)가 숨겨져 있는 깊은 겨울이며 북쪽의 감방이었다

두 번째로 두권(杜權, 싹, 숨)의 상을 보여준 것은 봄으로서 동쪽인 진방이다. 만물의 생명과 그 유구한 작용은 항상 이 천양(天壤)에서

다시 시작했다

그곳이 어디인지는 아무도 모른다. 그곳에 가본 사람은 없다

204

세 번째 보여준 예환과 지수와 유수는 여름의 모습으로서 남쪽이며 리방(離方)이다. 이곳은

자신을 잊을 정도의 무성하고 뜨거운 성하(盛夏)이다

어찌 그런 곳에서 자아를 찾으려 하는가, 또 없는 자아를 찾을 수 있겠는가!

장자는 그것을 태충막승(太沖莫勝)이라 했다, 사실 이것은 대혼돈이다

205
장자는 사람을 사랑하지 말라고 했다

저 무성한 환의 아름다움과 열매를 감사히 받아 명을 잇되 그것을 의지하고 이용하지 말라 했다

그것을 은혜라고도 생각하지 말아야 한다, 무한히 주는 대로 받으면 은혜를 갚는 것이었다

자연을 사랑하는 법이란 본래 없었다

206
네 번째로 호자가 계함에게 보여준 것은 가을의 서쪽인 태방이다

수확기지만 그것은 제미파류(弟靡波流)의 시절이다

떠나는 것은 남기는 것은 버리는 것은 그러나 기쁨에 속한 것
이기도 하다

사라지는 것도 기쁨에 속한다, 떠나지 않고선 이곳이 어디였
는지 알 길이 없다

물론 눈 감고 떠나는 자가 있고 살아서 떠나는 자도 있겠지
만……

207
여기서 다시 두덕기(杜德機)가 숨겨져 있는 습회(濕灰)의 상
으로 돌아가는바
그것이 깊은 겨울이며 북쪽의 감방이다

우리 생명의 고향이다,

그 감방에서 그 영혼들은 모두 쉬며 무아가 되리

208
저세상(감각되고 자라고 맺고 크고 희생되는 이 우주 자연과
세상)에 던져진 혹은 뿌려진 것들의 씨앗이
움직이기 시작할 때가 오리

올해 돌아오지 못한 것은 다음해에 돌아올 것이며……

자연이 걱정하지 않는 것을 무아가 걱정하랴!

209

문왕팔괘도에선 북의 감(坎, 물, 구덩이)과 남의 리(離, 불, 나눔)를 서로 마주보고 침묵하고 있으며
동의 진(震, 천둥, 놀람)과 서의 태(兌, 늪, 빛남)가 서로 마주보고 침묵하고 있다

또한 북과 동의 사이에 있는 간(艮, 산)하고 남과 서 사이에 있는 곤(坤, 땅)은 서로 마주보고 침묵하고
동과 남 사이에 있는 손(巽, 바람)하고 서와 북 사이에 있는 건(乾, 하늘)은 서로 마주보고 침묵한다

서로 더 밀어내지 않고 더 다가오지 않으면, 파국은 없으리

오묘하다

210

이 광속의 세상에 이런 관계가 있었다, 의문이지만 이들이야말로 사람의 벗이리
광속의 세상은 잊기 바빠 기억하길 싫어하고 못 잊을 것들도

다 잊고 가버린다, 그 가버린 것들은 더 빨리 망각된다

수많은 정보의 숫자, 기호들이 뇌를 지배해버린 시대

이 자축인 묘진사 오미신 유술해 등은 혼돈의 날개들로 서로
만난 적이 없었지만
만난 것보다 더 많이 서로를 알고 있었다, 나와 네가 상극에
서 오기 때문이다
내 안에서 나는 오지 않는다

211
사실 모든 생명의 마음은 감(坎)의 북으로 돌아가기만 기다
린다, 또한 고달파도 한낱 보람으로 삼았더라도
모두를 두고 모두 혼자 돌아간다

모든 생명은 감습에 처해진다
돌아가면서 자기를 닮은 무언가 열매 같은 것을 이 세상 바
닥에 몇몇 떨구거나 남겨놓는다
기막힌 기약이고 불완전한 영속이다, 그러나 그것이 우리들
이다

그것이 전부이며 그것 자체로서 선이며 도이고 생이다
바로 그것이 안 보이는 도와 보이는 자연 사이에 있는 혼돈의

본질이며 나약하지만 굳센 생명들이다

212

아무 일도 일어나지 않는 것 같지만, 그러나 상생하고 상극하지 않는 것은 없다!

서로 동행하고 서로 살리고 희생시킨다, 서로 살려주지 않으면 갈 수 없고 서로 희생하지 않으면 존재할 수가 없다

상극(相剋)은 스스로 죽지 못하기 때문이며 상생은 스스로 혼자 살 수 없기 때문이다

그저 순하고 고요한 것만이 자연이 아니고 선이 아니다

어떤 때는 선한 것이 선한 것이 아니며 악한 것이 악한 것이 아니었다

자연의 잔혹함과 매서움이 인간 중심의 지혜를 허용하지 않는 경우도 많다

좋고 편한 것만 나의 것이 아니다, 무아에게 모종의 칠충(七沖, 충격)과 육합(六合, 조화)이 있었다

자연 작용은 혼돈에서 파생된 질서이며 생명 속에 노니는 작약(雀躍)이다

이것이 상애(相愛)였다

6. 소는 말을 보면 성을 낸다: 육합과 칠충의 불변

213

육합과 칠충이 서로 돕고 지워준다, 칠충이 덕이 되고 육합이
손실이 된다, 그 속에 혼돈의 그림자가 지나간다

일종의 미음〔(微陰), 망량(魍魎, 罔兩)〕이다

그것이 우주 자연의 그림자로서 상생 동행이며 공존하는 상
충살〔相沖殺, 원진살(怨嗔殺)〕이다
기민하고 오묘한 이치!

텅 빈 충(沖)은 오히려 그를 데리고 간 형상 없는 자생적 희생
이었다
은혜와 희생의 밑받침이 없는 생은 없다

214

정북의 자(子)와 남남서의 미(未)가 서로 빗기며 대치하기에
서기양두각(鼠忌羊頭角)의 원진(怨嗔, 원망하고 성냄)으로 쥐
가 염소의 뿔을 꺼린다

또 북북동의 축(丑)과 정남의 오(午)가 서로 빗기며 대치하기에

우진마불경(牛嗔馬不耕)의 원진으로 땀 흘리며 일하는 소는 놀기만 하는 말의 게으름에 화를 낸다

이토록 멀리서 마주보는 것들은 서로 화합하기보다 갈등하며 미워하는데 사실 이것이 혼돈의 균형을 이룬다

그 모든 12지신의 짐승을 하나의 길로 몰아세운 문명은 이미 자신을 잃고 말았다

오직 그들만이 지혜였다

그러나 '이것' 없이 나도 너도 이곳에 올 수가 없었다

215

동북동의 인(寅)과 정서의 유(酉)는 서로 빗기면서 대치하기에

호증신계명(虎憎晨鷄鳴)의 원진으로 범은 닭이 울면 날이 밝아지기에 민가에서 그가 우는 것을 미워한다

또 정동의 묘(卯)와 서남서의 신(申)이 서로 빗기면서 대치하기에

토원후불평(兎怨猴不平)의 원진으로 토끼는 원숭이가 바르지 않은 것을 한탄한다

216

동남동의 진(辰)과 북북서의 해(亥)는 서로 빗기면서 대치하기에

용혐저면흑(龍嫌猪面黑)의 원진으로 용은 돼지의 얼굴이 검은 것을 혐오한다

남남동의 사(巳)와 북북서의 술(戌)은 서로 빗기면서 대치하기에

사경견폐성(蛇驚犬吠聲)의 원진으로 뱀은 개 짖는 소리에 겁을 먹는다

217

왜 싫어하고 놀라고 미워하는지를 따져 물을 수가 없다

의문할 수 없는 자연의 특질을 발견한 선조들은 참으로 영험한 사람들이었다

그런데 지혜와 문명은 이 자연을 버리고 빛의 구멍 속으로 달려가고 있다, 치마(馳馬)처럼

생명의 근원은 너무나 비극적이게, 두덕기(杜德機, 생명이 나타나기 전의 죽음 같은 기운)가 희미해져가는,

감(坎, 얼음 물구덩이)이 되었다

218

신성한 짐승들을 열두 곳에 배치한 이 자축인 묘진사 오미신 유술해는 그들의 방위이자 집이다

시적 언어로서

인간과 사회를 둘러싼 깊은 연관성을 보여준 존재 증명의 이름이다

어떤 경우이든 만물과 인생은 모두 이 팔괘를 따라갈 것이다, 그러지 않고선

갈 곳이 없다

219

자(子)의 쥐는 발톱이 아홉인데 이를 양수로 보고, 첫 번째 자리인 자(子)에 두었으며 위치는 정북이다

가장 고요한 곳이다

220

축(丑)인 소는 굽이 둘로 갈라져 있기 때문에 음수로 보고, 두 번째 자리에 두고 위치는 북북동이다

캄캄하다

221

인(寅)은 호랑이인데 발가락이 다섯이라 양수로 보고, 세 번째 자리에 두고 위치는 동북동이다

발자국 소리가 들린다

222

묘(卯)는 발가락이 넷인 토끼라 음수로 보고, 네 번째 자리에 두고 위치는 정동이다

그가 자는 모습을 본 적이 없다

223

진(辰)은 발가락이 다섯인 용이라 양수로 보고, 다섯 번째 자리에 두고 그 위치는 동남동이다

용은 멸종했다

224

사(巳)는 혓바닥이 둘로 가라진 뱀이라 음수로 보고, 여섯 번째 자리에 두고 그 위치는 남남동이다

이슬 풀잎의 뱀은 신성하다

225

오(午)는 발굽이 하나인 말이라 양수로 보고, 일곱 번째 자리에 두고 그 위치는 정남이다

너는 가장 비극적인 말굽을 가졌다

226

미(未)는 발굽이 둘로 갈라진 양이라 음수로 보고, 여덟 번째
에 두고 그 위치는 남남서이다

양은 해 지는 서쪽으로 가버렸다

227

신(辛)은 발톱이 다섯인 원숭이라 양수로 보고, 아홉 번째에
두고 그 위치는 서남서이다

원숭이는 인간보다 교만하다

228

유(酉)는 발가락이 넷인 닭이라 음수로 보고, 열 번째에 두고
그 위치는 정서이다

닭은 슬프다

229

술(戌)은 발가락이 다섯인 개라 양수로 보고, 열한 번째에 두
고 그 위치는 서북서이다

이해할 수 없는 개의 역사가 있을 것이다

230

해(亥)는 발굽이 둘인 돼지라 음수로 보고, 열두 번째에 두고
그 위치는 북북서이다

검은 돼지는 혼돈이다

모두 발가락, 발굽, 혀를 중심으로 보고 음양수를 결정하여
위치를 정했다

231

그 혼돈 중앙 밖에서 일어나는 모든 현상은 생명체가 가지고
있는 신비한 마음의 거울 안에

그대로 영향을 준다

혼돈 중앙은 자유자재로 돌아가는 거대한 하나의 원경(圓鏡)
이자 창이다

영혼은 생명이 살던 곳에 자기 몸을 놓고 떠나는 어떤 탈각
(脫殼)의 내적 존재이다

바라는 일이지만, 지상에 던져진 그 몸이 그들의 전부일 순
없는 이치가 있을 것이다

232

이 선천도와 후천도, 십모와 십이자를 상상하는 것은 음양 운동의 내부에서

자신이 그 변화의 주체가 되는 일이다

그러니 자신을 찾을 것이 아니다, 생은 상아(喪我)의 길이므로 자신를 찾거나 가질 수 없다

다 살라버린 삶은 쓸모가 없는 것이며, 저세상 놀이터에서 잠시 놀았던 추억일 따름이다

한낱 정신의 어떤 것이 겨우 문자와 음이나 색으로 남을 뿐이다

233

이 음양 운동은 아무런 대가와 이유가 없는 즐거움 그 자체가 되어야 비로소 소요(逍遙)가 된다

생명체는 음양의 소요를 위한 긴밀한 유기체의 구조를 이루고 있기 때문이다

그 소요가 자연이고 삶이다

이 모든 것은 정의롭되 자기 생을 쓰고 즐길 줄 아는 것이 최고의 앎과 삶이 될 것이다

234

그런데, 중국의 복희팔괘와 문왕팔괘를 수정보완한 개벽적 팔괘도가 우리에게 있다

연담(蓮潭) 이운규로부터 '영동천심월(影動天心月)'이란 화두를 받고, 19년 동안의 궁구(窮究) 끝에

일부 김항(一夫 金恒, 1826~1898)이 54세(1881년) 되던 해 발견한 정역팔괘(正易八卦)의 핵심은

크게 두 가지이다

235

첫 번째 것은 건곤(하늘과 땅)의 법으로 하늘을 북(北)의 위치에 두고 땅을 남(南)의 위치에 두어서

윤리를 제자리에 바로 두어 윤강(倫綱)을 세움에 있었다

즉 건곤정위(乾坤正位)이다

두 번째 것은 복희팔괘의 건남곤북(乾南坤北)의 천존지비(天尊地卑)의 질서를 곤남건북(坤南乾北)이라는

영원한 자유로움과 평화로 발견시킨 것에 있다

즉 천지교태(天地交泰, 양극단이 서로 화합하여 편히 안고 있음)이다

236

문왕팔괘도의 감리진태(坎離震兌, 북남동서)의 자리를
복희팔괘도〔곤건리감(坤乾離坎, 북남동서)〕의 제자리로 다시
돌려놓으려 했다

즉 북남(곤건=지천)의 축을 잡으면서 남을 곤(땅)으로 바꾸
고 북을 건(하늘)으로 바꾸었다, 그러면서
문왕팔괘를 받아들여 그대로 서쪽에 태(兌, 늪)를 두되 동쪽
에 진(震) 대신 간(艮, 산)을 두었다

상상도 할 수 없는 일이겠지만, 이것은 완전한 지구 뒤집기의
상상으로서 남극과 북극의 전도를 상상하게 한다

이것이 '조선 팔괘'이다

237

그런데 무아가 이 우주 자연의 팔괘도 위에 올라간 것을 누
가 알 수 있을까? 그리고
그곳에 휘말려 혼돈이 된 것을 또 누가 상상할 수 있을까!

이 조선팔괘는 그림을 보는 자가 남쪽의 곤에 가서 돌아선
다음에 이 그림판을 두 손으로 잡고 아래위를 뒤집는다
그러면 아래쪽에 있는 북의 건이 위로 올라가 북의 하늘이

되고, 위에 있는 남의 곤이 아래가 내려와 땅이 된다

그다음에 그림판을 든 채로 180도 왼쪽으로 돌아선다 그러면

현재의 동서남북이 방위에 맞게 된다

238

이것은 아직 아무도 상상하지 못한 팔괘도라 할 수 있다

거대한 우주 자연과 방위를 사람이 옮길 수 없으나 기호적

상상으로 가능한 일이다

조선팔괘는 사실 청대에서 복희팔괘를 비판하고 부정하고 문

왕팔괘를 옹호했던 것을

다시 탐색하여 버리지 않고 되찾아 비밀을 찾아 완성한 팔괘

도이다

그러나 다시 또 반자연의 변화가 오고 다른 윤강의 팔괘가

이미 와 있다, 그것을 통째로 인식하는 사람은 없다

이미 돌이킬 수 없는 파괴된 자연과 기후의 수렁 속에 빠져

버렸지만 모두 그것을 자기 위기로 보지 않는다

어떤 인간들은 지구를 버리고 화성으로 가면 된다고 말한다

반고(盤古)의 창발적 죽음

반고의 왼쪽 눈은
해가 되고,
오른쪽 눈은
달이 되었다.

左眼爲日 右眼爲月

1. 혼돈의 죽음과 반고 창조

239

어느 날, 무아의 뇌 속에 반고가 찾아왔다

반고는 장자가 떠나고 500년이 더 지난 뒤에 사람의 머릿속
에서 탄생했다

오나라 서정(徐整, 220~265)이 지은
『오운력년기(伍運歷年紀)』와 『삼오역기(三伍歷記)』에 반고신화
가 실려 있었다

240

후한(後漢)이 몰락하기 시작한 기원후 2세기 말부터 위나라,
촉나라, 오나라가 서로 다투다가
서진(西晉, 황해에 접했음)이 중국을 통일한 동북아의 3세기
중후반과 4세기 초반(265~316)은 또 한 번의
역사 한계를 넘어선 임시 평정 시대였다

서진이 통일하던 해 죽은 오나라의 서정이 반고를 창조한 것은
장자가 전국시대 속에서 진인을 찾고자 『칠원서』를 지은 것

과 맥락을 같이한다

인간의 본질과 만물 이해에 대한 존재론적 의문과 함께

새로운 인간형을 창조하려는 역사적 맥락과 맞닿은 신화적 갈망의 결과였다

241

그 후, 반고신화는 당 고종의 칙령을 받아 배구(裵矩), 구양순 (歐詢, 557~641) 등이 편찬한

『예문유취(藝文類聚)』〔624년 간(刊), 원전은 없고 명나라 본 이 전해짐〕에 전해졌다

비서감(秘書監)에서 전적을 교정보던 양나라의 임방(任昉, 460~508)이 남긴 『술이기(述異記)』에도 남겼다고 하는데 전하 지 않는다

또 977년 송 태종의 칙령에 의해 이방(李昉, 925~995년) 등 이 편찬한 『태평어람(太平御覽)』과

명나라 동사장(董斯張)이 편찬한 『광박물지(廣博物志)』에도 실려 있다고 한다

마지막으로는 청나라 때 유민(流民)에게 관심이 많았던 마숙 (馬驌, 1621~1673)이 편찬한

『역사(繹史)』에 남아 전해졌다

242

당 고종의 칙령이 없었다면 이 위대한 신화는 전해지지 못했을지도 모른다

얼마나 많은 것들이 사라지고 불타고 파기되었을까? 남아 있는 역사와 정보는 빙산의 일각일 것이다

『예문유취』에는 천(天), 세시(歲時), 지(地), 주(州), 산(山), 수(水)로 시작해서 충치(虫豸), 상이(祥異), 재이(災異) 등 백 권으로 편집되었다

구양순이 죽은 지 60년이 지나 작성된 것도 있어 일부는 훗날에 보강, 증보된 것으로 본다

243

그런데 지금으로부터 380여 년 전의 마숙은
서정의 원전을 가지고 있었을까, 아니면 1,400여 년 전의 『예문유취』에서 인용한 것일까?
또 송의 이방은 별도의 이본을 가지고 있었을까?

장자가 죽은 뒤 창조된 반고(盤古, 계란 속에서 생겨나다)는
혼돈처럼 살해되지는 않았다

그는 놀라울 정도의 자기희생의 길을 열어젖혔다

244
무아에게 그 반고는 남해와 북해의 두 임금에게 살해되고 다
시 서정이라는 한 영혼 속에서 태어난
절대와 신을 거부한 한 인간의 해체였다

놀라운 것은 반고에게도 혼돈과 불안과 의문이 있었다는 점
이다
이 불안과 공포가 장자의 혼돈에게 없었을 리가 없다, 그것
을 서정이 발견했을 것이고 그리고
그 불안과 공포가 수많은 자아를 나툰 것으로 보인다

생각하는 생명체로서의 반고에게
근본적으로 존재해 있는 세계에 대한 불안과 자신의 존재에
대한 희망을 담고
하늘로 확장되는 반고 이야기는 놀라운 사유의 대반전이었다

245
하늘에 대한 걱정과 그로 인한 육체의 성장을 통하여 자연의
공간을 자신의 영역으로 확장한 것은
만물제동(萬物齊同)의 자연관 혹은 그것을 아는

만물지수〔萬物之首, 필자가 찾아낸 장자의 용어. 구양순의 필사본『음부경(陰符經)』상권에도 나오지만 장자 후대의 것임]가 갈망하는

우주와 자아를 일체화한 발현이었다

반고 창조는

이 무극(無極)의 우주 속에서의 변화무상한 자연 만물과 사유하는 감각 의식에 대한 조화와 함께

자아의 존재 이유와 목적을 합일시키고자 한 갈망의 원인이자 결과였다

무아는 이렇게 추고(追考)할 수밖에 없었다

2. 18,000년 동안 불안으로 확장된 반고

246

태초에 거인의 신이라고 하는 한 존재가 이 땅에 서 있었다

그가 반고이다

반고는 고작 1,770여 년 전에 인간의 상상에 의해 창조된 인물이었다

하지만 그는 복희와 여와보다 더 먼 상고대의 존재였다

247

그의 존재에 대한 어떤 물증은 필요하지 않다, 신화는
그 자체 이상의 존재 근원에 대한 의문을 가지지 않기에 그것은 오직 즐기는 오브제로 충분하다

반고 이전은 중요하지 않으며 그가 어떻게 만상이 되었는가만이 중요하다
지금까지 무아가 보아온 세상의 여러 신화를 앞서가는
창조성과 진실성, 희생성, 인간성, 영원성 등이 반고에게 있었다

248

그렇다, 태초에 이 땅에 반고가 있었다, 그리고 그는 자연 한 가운데 서 있었다

그의 발은 땅을 딛고 있었고, 머리 위는 아무도 없는 무한의 궁륭이었다

텅 빈 허공은 마치 말하지 않는, 얼굴이 없는 어떤 존재였다, 무언가 지나가는 것들이 있는!

그와 같은 수많은 것들이 가만히 눈을 뜨고 귀를 기울이다 보면 온통 자연 속에 넘실거리고 나타나고 사라지곤 했다

249

반고는 사실 죽음을 통한 자기 해체의 분열을 선택한 신적 인간이었다

그런데 그 주변에 아무도 없었다, 반고 혼자 있었다, 그의 마음과 머릿속에서 어떤 공포가 발생하곤 했다
그것은 인지와 사유, 언어의 발아였다

그것은 불안과 의문, 외로움이었다

그는 홀로 있고 싶지 않았다, 우주 속에 서 있는 이 거인의 고독을 누가 상상할 수 있을까?

250

여기서 시작된 반고의 성스러운 화두는 인류 최초의 비극적 분열이었다

그 까마득한 태초 이후부터 지금까지 이 지상에 있게 될 모든 사람 안에 있는 '나' 즉 자아가

그 안에서 분열을 꿈꾸기 시작했다, 그 분열은 죽음과 연계되어 있었다

그것은 위대한 자각의 총체적 지혜 벳산타라(Vessantara)와 같은 자신의 모든 탐욕을 해체시킨 분배였다

벳산타라는 어린 왕자(imfant prince) 때부터 자선을 베풀었던 인간으로서의 붓다의 마지막 전생의 보살이었다

벳산타라는 '상인 지역에서 태어난 것'을 뜻한다

251

그런데 존재 근원에 대한 문제는 사실 여기서 사라져버렸다

더는 의심할 수가 없는 마지막의 지경에서 그는 전혀 다른 일대 우주적 사건의 주체가 된다

물론 반고의 오랜 시간을 통한 신체 확장과 자기 마음과 육
신의 해체가 자연에 선물할 재생산의 결정이
장자의 혼돈과 어떻게 연결되어 있는지는 의문이다
그만큼 혼돈은 난해한 언어이며 존재이다

252

하지만 반고는 그런 불필요한 의문을 낳기보다 결정적 자기
해체를 꿈꾸었다, 즉 다시 더없이 복잡한 불안의 인간을
남김으로써 존재 이유의 결론을 끝없이 유보시켰다
그가 불안의 영구적 소멸을 거부했기 때문에 불안은 인간 내
부에 잠재하게 되었다

그를 창조한 사람은 인간을 그런 불안의 존재로 해석했다

253

무아는 혼돈사에서 반고사(盤古死)가 왔을 것으로 생각했다,
혼돈사는 모부의 타살이지만 반고사는 통쾌한 자진(自盡)의 희
사였다

단지 장자는 반고신화를 창조한 한 작가처럼 구체적으로 혼
돈사를 기록하지 않았다

중앙의 혼돈이란 땅이 오히려 훗날에 독창적인 반고신화를 구체적으로 묘사할 수 있게 해준

은유의 폐허와 울타리가 되었을 것이다

명증한 반혼돈의 지혜를 가진 반고였다면

그가 자신을 수많은 고통으로 환원시켜 재생산하지 않았을 것이다

그는 거대한 생명체의 대혼돈이었다

254

반고 창조는 우주적 사유의 대전환이 되었다

작가는 혼돈이 죽었음에도 사람들이 혼돈이 살아 있다는 믿음을 저버리지 않은 것을 상상했을 것이다

그 혼돈의 죽음을 거부하고 새로운 삶으로 이 세계를 활짝 열어준 사람이 서정이었다

반고의 죽음은 죽음이 아니었다, 더 많은 새로운 자기의 생을 살고자 하는 꿈의 실현이었다

255

그는 긴 머리카락을 뒤로 넘긴, 머리에 두 개의 작은 뿔이 있

고 입에는 두 개의 어금니를 가지고 있었다

　몸에는 많은 털이 나 있고 나뭇잎옷을 입고 있었다

　그는 난쟁이로 묘사된, 선인(仙人)과 같은 존재였다

　하늘과 산과 강물, 광야와 밤과 낮 속의 아름다운 작은 사람!

256
　또 명나라 이후 18세기 청나라 강희제(康熙帝) 때 편찬한 『역대신선통감(歷代神仙通鑑)』에 반고가 등장한다

　유기(有期)란 호를 가진 무명(無名)의 서도(徐道)란 사람이 지었고

　장계종(張繼宗, 1667~1715)이 교정을 보고 서문을 썼다고 하는 이 전기엔

　상원부인(上元夫人, 서왕모의 작은딸)의 맏아들 천황씨인 반고(盤古)가 세상을 다스렸다고 한다

257
　이백이 노래한 상원부인은

　"서왕모의 사랑을 넘치게 받은바 귀밑머리를 세모로 가파르게 높이 올리고

　남은 머리는 허리까지 길게 늘어뜨린

〔편득왕모교(偏得王母嬌) 차아삼각발(嵯峨三角髩) 여발산수
요(余髮散垂腰)〕"
아름답고 사랑스럽고 성스러운 여성이었다

258
또 남섬부주에 반고씨가 있었다고 한다. 남섬부주는 수미산
남쪽에 있는 곳인데
이곳에서만 제불(諸佛)이 나온다고 하며 반고를 원시천왕의
전신(元始天王前身)이라고 했다

금모(金母, 서왕모)와 황로〔黃老, 태초에 이 오황로(水精子·
赤精子·黑精子·靑精子·黃精子)가 태어나
만물이 생기고 인간이 탄생했다고 한다〕와도 관련이 있다
장자로부터 이천 년도 더 된 후대의 것이지만 이 책에 인상적
인 한 문장이 있다

"만물 중에서 가장 신령한 것은 사람이 되었다〔물지최령자위
인(物之最靈者爲人)〕"
그를 신이라 하지 않고 사람이라고 하였다

사람들은 반고를 만물의 조상이며 음양의 시조로 보고 그를
반고진인(盤古眞人)이라고 했다

259

속에서 스스로 음과 양이 만나 오행을 섞어 모아질 때
그 경이로운 물화(物化)!
그것을 누가 보고 누가 의식할 수 있겠는가? 그것이 태극의
움직임인 도일 것!

즉 오자음양호교(娛自陰陽互交) 오행착종시(伍行錯綜時)가
암수한몸의 미분 상태와 음양 일체의 이상이다

그로 인하여 천지 중앙이 있게 되었다〔재천지중앙(在天地中央)〕

그 임금이, 땅이 사람이었다! 아니 그가 혼돈이었다
혼돈은 우리가 아무리 알려고 해도 알 수 없는 인식 불가한
미지의 생명과 의식, 마음일 것이다

3. 장자의 혼돈에서 반고가 오다

260

천지의 중앙이 사람이었다

이 '천지중앙'은 장자의 '중앙지제위혼돈(中央之帝爲渾沌)'과
같은 뜻이다

즉 이 중앙의 혼돈이 남해와 북해의 경계를 두게 했던 바로
그 '땅'이었다

다시 번쩍, 돌이켜보면

그 음양호교의 아름다운 존재인 사람이 남해와 북해의 무서
운 임금에게 살해되는 것이

바로 칠일이혼돈사였다(?!)

그것은 다름 아닌 땅이었다!

261

여기서 그 단서가 잡히는 것일까, 그러나 웬일인지 무아는 의
심스러운 자신을 느낀다

그러길 바라지 않는다, 그것이 정확한 길이라면 다른 길로 돌

아가고 싶고 길을 잃고 싶다, 그것이

규정할 수 없는 혼돈의 길(죽음)이기 때문이다

사람이 사람을 죽이는 것을 떠올리고 싶지 않다

다시 말해 무아는 혼돈의 존재와 칠일이혼돈사의 너무나 분명한 결론의 비극을 보고 싶지 않다

그러니 장자가 죽었다고 한 그 혼돈은 우주의 중심이었고 바로 진인이었다

그렇다면 장자는 진인을 만났던 것이 분명하다

262

노자는 오천 자 도덕경을 쓰고 서역으로 갔으며 그 후손의 계보가 전해지지만

장자에게는 그런 것이 없다

어디로 홀로 떠났는가, 어느 계절에, 자식도 제자도 없이 칠일이혼돈사 육 자를 남기고 행방불명되었는가

하늘로 올라갔는가, 수평선을 넘어갔는가, 어느 시정 속의 비젖은 한 줌 재인가!

아니면, 교외의 어느 초토(焦土)에 남겨진 한 조각 기왓장인가!

아니다, 그는 혼돈사다, 두 임금이 죽인 중앙 임금의 혼돈이

었다, 따라서

장자는 살해된 것이 아닌가(이런 끔찍한 상상을 하다니!)

사문이사부지(四間而四不知)의 진리 부재와 불가를 말하고 혼돈으로 사라진 자휴(子休)여,

그 혼돈사가 천지의 중심으로 아주 들어간 영원불귀였다

263

복희팔괘의 땅〔곤(坤)〕과 문왕팔괘의 물〔감(坎)〕과 정역팔괘의 하늘〔건(乾)〕이 있는

북쪽 바다, 북명에서

물고기가 대붕의 새로 변하여 하늘로 날아가고, 그 후 다시 지구로 날아 내려오지 않았다!

아, 그리고 보니 버려져 궁발이 된 북의 태극이며 도이며 혼돈이며 중앙이며 땅이었다!

264

비록 혼돈이 임금이라 하지만 그것도 중앙의 임금이라 하지만, 정치적 통치자는 아니었다

그는 팔괘의 백성이고 보이지 않는 임금이었다

그는 아, 땅이었다

임금이, 그것도 두 임금이 한 임금을 죽였다는 것은 저 고도 (古道)의 세계에선 절망적인 말이 아닐 수 없다

정작 이름만 남은 그 혼돈을 심장처럼 껴안고 팔다리처럼 붙이고 사는 것이 사실 저 사람들이 아닌가!

265
우리는 모두 죽은 사람들인지 모른다, 살아 있다고 하지만 살아 있는 것이 아닐 수도 있다

모두가 가인[假人, 필자의 조어, 혹은 석인(石人), 곡두, 도깨비, 환영]의 환상이며 꿈이라고 말해도 혼돈사여,
반증하고 이 부당한 허사를 이겨낼 사람은 없을 것이다

266
미래의 우주 자연을 예시한 대혼돈의 그 중심 인간(땅, 자아의 임금)이 살해된 것을
우리는 알 수가 없게 되었다

땅의 임금이여, 결코 알고 싶지 않았고, 다행히 지금까지도 알지 못했지만 무슨 연유인지 불가사의할 뿐이다

지금까지 이런 의문이 어디서도 있지 않았으며, 의심이 가능

하더라도 완전하게 가려져 있었다

267

서정이 반고라는 존재로 언어의 생기를 부활시켜, 아무것도 없는 텅 빈 인간의 뇌 속에 반고를 보내주었다

혼돈이 죽었다는 상상 불가한 문장에서 무아는 사실 사람이 죽었다, 우주의 중심이 죽었다는 말로 이해했다

그렇다면 논리적으로 혼돈사 이후의 생들은 원형이 죽고 다시 반고에 의해 태어나는 생이어야 했다

하지만 인간은 혼돈을 잃어버린 눈구멍 있는 준(蠢, 벌레)이었다

268

죽은 혼돈이 서정에 의해 살아난 것은 또한 무정한 일이다, 어떻게 죽은 혼돈이
똑같은 인간의 모습으로 되살아난단 말인가?
그리고 왜 인간으로 다시 태어나야 하는 것인가?! 이것은 풀 수 없는 혼돈 저쪽의 문제이다

이쪽에 있는 생명체들의, 정지할 수 없는 노역의 소비와 언어,

이상을 가진 꿈의 존재들!

단절된 생을 불가사의하게 연결하는 비정상적 존재!

그 생들은 규정되어 있지 않은 그 무엇을 찾는 메타포이지만 인식과 경험이 불가한 꿈이었다

인간의 욕망은 그 꿈의 언어라는 그늘 안으로 들어가고 싶어 했다, 그 불가해한 언어로 모든 것을 경험하고

다 살았다고 말하고 싶었다

살지 않고 다 사는 길은 어디에 있을까?

269

푸르고 검은 남해와 북해의 두 임금이, 혼돈에게 만들어주려 했던 그 눈과 입과 귀 등의 칠규(七竅, 일곱 구멍)를

완벽하게 구비한 반고가 나타났다

이 놀라운 반전과 변신의, 부언 없는 단문과 생략은 역사 초 월적이다, 그것은 혼돈이 죽은 뒤, 한참 뒤였다

뒤에 가서 그 존재가 아주 먼 과거에 있었음을 알았을 것이다

어쩜 그 반고는 자신이 이미 죽은 그 혼돈이라는 것을 몰랐 을지도 모른다

270

그 반고의 후손에게도 역시 별수없이 명예와 모부, 욕망과 아

상은 죽을 때까지 따라붙은 지혜의 부속물이었다

다행이라고 해야 할까, 한편 이미 인간 내부에서 끝없이 사유
되었던

존재의 낯설고 새로운 삶의 시작에 우울과 불안이

내재되어 있었다

그렇다, 환희와 희망을 감춘 우울과 불안이 생명을 창조했다

271

이 반고는 서정이 창조했지만 너무나 인간적이다, 그는 이 우
주에 신이 있다는 것을 느끼고 있었고

반고는 신이 없는 텅 빈 우주의 고독한 존재이길 바랐다

그러나 자기 극복을 위해 서정은 반고가 고독하진 않은데 불
안했다고 했다, 그것은 서정이 존재론적으로 느꼈을

인간 내면의 상황이었다

반고를 통해 서정은 자신의 불안을 전했다, 그것이 그 후의
모든 인간이었다

오랫동안 혼돈사의 대미를 이을 사람이 없었지만, 서정이 그
혼돈사를 받아 희생과 파생(派生)을 열었다

물론 그들은 본체를 인식할 수 없겠지만

그러니까 장자의 혼돈은 죽은 것이 아니었다

272

반고의 무덤은 중국 곳곳에 있다고 한다, 그러나 두 임금이 죽인 혼돈의 무덤은 그 어디에도 없다

자연이 모두 그의 무덤이 되었다

아침이 오는 곳, 저녁이 가는 곳, 별밤이 있는 곳, 해조음이 오는 곳이면 모두가 그의 생이고 죽음이다

모든 생이 반고의 죽음 이후의 시간이었다, 그 시간은 아무도 주워 입지 않는 옷이며 다 살고 버려진 삶의 시간이었다

어쩌면 죽음은 아무도 살 수 없는 삶이고 아무도 죽을 수 없는 삶일지 모른다

273

상상하기 어려워도 그러나 현재 속에 파생되고 유전된 모든 반고의 내부에는

또 다른 혼돈사가 오차 없이 그 과거처럼 분열과 죽음을 오늘도 어김 없이 쌓아가고 있다

그러나 우리 스스로가 살면서 자신을 희생하고 있기 때문에 그 죽음의 끝이라는 공포로부터 벗어날 길은 없다

자식이 없는 사람은 있지만 어머니가 없는 사람은 없다

출생의 고통을 기억하지 못하지만 삶은 죽음을 완전히 관통하고 껴안고 가야 하는 단말마의 저쪽이다

274

지금 이 세계는

삶과 죽음이 산과 대지와 길을 이루면서 일상이 되고 보편이 되었다, 즉 죽음은 일대사가 아닌 범속으로 전락했다

세계 스스로 신비를 상실하고 물질화한 헌 죽음의 시간을 우리가 오염시킨 대지와 대기에 가득 채워 넣었다

끝이 없는 현재와 생명은 없다, 그들이 아무리 강한 유전자를 가지고 이중나사 모양의 사다리를 타며 끝도 없이

자기와 과거를 직조하며 자가 생성으로 탈바꿈하고 분열하고 숨고 나타나길 멈추지 않는다 해도

결국은 모두 사망의 종점에 이른다

따라서 장자의 칠일이혼돈사는 서정의 반고 창조로 대체할 수 있는 원형 이상의 존재였다

4. 반고는 혼돈의 달걀이었다

275

천지의 혼돈이 달걀 같았다〔천지혼돈여계자(天地混沌如鷄子)〕

반고는 그 달걀 속에서 생겨나 18,000년 동안 살았다〔반고생기중 만팔천세(盤古生其中萬八千歲)〕
다른 까닭이 있을 수 없는 생이었다

달걀은 눈도 귀도 코도 입도 없었다

276

천지가 개벽하자 양청(陽淸)한 것은 하늘이 되고 음탁(陰濁)한 것은 땅이 되었다

반고가 태어난 뒤 하루에 아홉 번을 변했다〔일일구변(一日九變)〕

277

반고는 그 변화와 속도에 놀라고 성장통을 앓았다, 변하는 것에 대한 정당성이
여기서부터 획득되었다, 그 변화의 속도를 따라가는 것이 생

명의 적응이었다, 살아 있으므로 반고는 외부 환경과 즉각적으로 적응했다

생명의 본능이었다

하루에 아홉 번 정도는 변하는 것이 사람일 것이다, 사람의 감정은 자연에게만 호응하지 않는다

278

『예문유취』에서 "하늘보다 신령하고 땅보다 성스러웠다〔신어천(神於天) 성어지(聖於地)〕"고 한 것은

이 하루 아홉 번의 변화를 두고 한 말이었다

이것은 우주 속에서의 유일한 이 지구 인간이 지닌 혼돈의 변화를 인정하는 발언이었다

변하지 않는 것은 생명이 아니다, 모든 생명체는 한 번 왔다가 한 번 사라진다, 그 같은 커다란 생멸 속에서 생명은 수없이 크고 작은 변화를 겪어야 했다

생명의 본질이었다

여기서 이미 팔괘가 아무 지시 없이도 스스로 움직였을 것이다

279

도끼로 알을 깨고 밖으로 나온 반고는

(이때 도끼가 알을 다치지 않은 것은 그 누군가가 조심스럽고 정성스럽게 깎아내며 깼다는 뜻이다 유치한 의문이지만 그 알을 깬 자는 누구였을까?)

늘 하늘을 쳐다볼 때마다 그것이 무너질까 불안했다, 특이하게 타고난 불안 증상이었다

왜 불안이 그의 내부에 있게 되었을까, 어떻게 그를 이 지상에서 현상학적 존재로 남게 했을까?

그러나 이 불안의 의문이 반고를 인간으로 존재하게 했다

반고는 불안 속에서 잉태되고 불안 속에서 불안을 두 손에 심장처럼 쥐고 태어난 생명체였다

280

불안한 마음은 만물에 집착하고 소유하고 사랑하게 되는 시초였다, 그러면서 자아를 인식하고 개발해온 것이

지난날 그들이 만든 모든 결과물이었다

그는 풀 길 없는 깊은 생각에 잠겼을 것이다, 불안으로부터 해방할 수 있는 어떤 생각도 떠오르지 않았다

그의 머릿속은 양식, 간발(旱魃), 홍수, 전염병, 고통, 죽음 등에 대한 불안이 가득 차 있었을 것이다

281

반고는 무엇인가를 항상 걱정하는 자였다

게다가 그는 직립한 두 다리와 양손을 가진 눈과 코와 귀와 입이 붙은 인간이었지만, 필사적(必死的) 존재였다

죽음을 걸고 생존해야 하는 존재

그는 매일 하늘을 떠받쳐야겠다는 일념으로 조금씩 하늘 쪽으로 자라서 올라갔다, 마치 덩굴손처럼 뻗어 위로, 위로 올라갔다

그는 하늘이 자기에게 무너질 것 같은 강박관념과 불안에 휩싸였다, 아무 소용없는 불안 같았지만

결국 그는 그 불안 속에서 자기 결정을 찾아갔다

282

쳐다볼수록 그곳은 무한히 높은 천체였다, 신비하고 불가해한 그곳에

자신밖에 없었다, 다른 것은 아무것도 없었다

해도 달도 별도 없었다

즉 미분(未分)의 혼돈이었다

그렇다면 이 반고는 하나의 영혼이었고 언어거나 사유 그 자체여야 했다

반고는 하늘과 땅이 다시 하나가 될까 두려웠다. 하나가 된다면 자신은 죽고 말 것이다

그는 태극으로 돌아가고 싶지 않았다

분명하지 않지만, 이 현재의 자신이 있게 된 까닭과 목적을 비록 모를지라도 자신을 지키고 존속시키고 싶었다

283

그는 암흑의 온갖 불안을 이기고 팔을 들고 손바닥으로 하늘을 떠받치고 아래로는 두 다리를 힘차게 뻗어

발바닥으로 땅을 누르고 버텨 섰다

어쩌면 이것은 인간 의지를 표상하는, 굳이 인간이 직립해야 했던 그럴듯한 근거가 되었다

하늘이 내리누르는 힘을 반고는 이겨내고 있었다

5. 모든 것의 아름다움인 불안(不安)

284

이때 반고의 의식은 어떤 것이었을까? 그 고통과 불안, 의지, 의식을 대리 경험한다는 것은 불가능하다

그러나 그것을 같이 느끼고자 하는 것이 무아의 꿈이었다

그는 자아에 대한 불안과 우주에 대한 두려움과 함께한 희망을 감당하기 버거웠을 것이다, 동시에
그의 집념은 그 두려움과 불안만큼 컸을 것은 말할 것도 없다

285

그 팽팽한 긴장이 반고를 존재하게 했다

그런 가운데 반고는 자신도 모르게 위로, 위로 자신을 긴장시키면서
키워갔다, 불안은 한 인간을 우주적 주체로 나아가게 했다

반고는 위대한 정신적 극점에 다다르고 있었다

286

18,000년 동안 반고도 하늘도 높아져갔다

하늘은 하루에 삼 미터[1장(丈)은 열 척(尺, 자)]씩 높아가고 땅도 하루에 한 장씩 두터워졌다

반고도 하루에 한 장씩 커졌다

자아와 우주의 동시 확장이었다, 영혼의 작용은 저 물리적 우주와 무관할 수 없는 결속체였다

287

반고는 혼돈과 불안, 호기심으로 매일 커져서 하늘로 점점 높이 올라갔다

반고가 하늘로 커져서 올라가자 하늘도 덩달아 더 높은 곳으로 올라갔다, 더 먼 곳까지 내다보고 더 높은 곳의 안쪽을 쳐다볼 수 있었지만, 그곳엔 아무것도 없었다

하지만 허상으로라도 꿈으로라도 나라고 하는 자아가 있어야 했다

288

18,000년 뒤에 얼마나 키가 크고 거대한 반고가 되었을까(?!) 상상되지 않는다

서정은 뜰에 나와 그를 쳐다보려 했지만 보이지 않았다, 글과 머리에 있는 반고가 보였을 리가 없었다

그때 서정은 "철썩" 하고 자기 허벅지를 내리쳤을 것이다

289

땅을 딛고 있는 발등에서부터 하늘을 떠받치고 있는 손바닥까지의 거리가 약 19,710킬로미터가 되었다

에베레스트산 높이의 2,228배가 더 되는 창공 밖의 하늘이었다

붕새가 날아간 구만 리 정천(36,000킬로미터)의 절반이 넘는 크기이다

그러자 하늘과 땅이 더 멀어질 수가 없었고, 반고도 더는 커질 수가 없었다

모르긴 해도 그때 반고는 하나의 혼돈, 하나의 사유, 하나의 언어, 하나의 공포를 벗어나기 시작한 것으로 보인다

무언가 대미가 있어야 했다, 끝이 없는 사건의 발단과 내부의 기획이란 없다

290

그 높이에서 우주 속을 들여다보고 땅을 내려다보았다, 반도는 우주적 자아였지만 그곳엔 아무것도 없었다

문득 그는 상공에서 생각했다

반고의 생각 나는 이 아무것도 없는 세계가 싫다!!

그때 우주 속에서 신비한 음색의 반향이 들려왔다

우주의 반향 나는 이 아무것도 없는 세계가 싫다!!

291

그때였다, 반고는 깨달았다, 깨닫지 않고선 목숨을 내놓고 할 수 있는 일이란 없었다

오른쪽 눈앞에서 눈에 잡힐 것처럼 반짝이는 별들이 희미하게 보이는 것 같았다, 그것은 환영이었다

환영이었지만 그것은 그의 내부에서 존재하기 시작했다

바로 그때, 그의 마음 깊은 곳에서 우주의 모든 의문이 소멸

하기 시작했다, 그리고

　내부의 소리가 들렸다, 그것은 최초의 존재였다, 그것은 우주의 내부 암흑과 반고의 생각이 동시에 외치는 목소리였다

　내부의 소리 아무것도 의심하지 말라, 있는 것을 있는 것으로 족하게 여기라, 이것이 너의 진리이다

　그 소리는 사라지지 않았고 우주 끝까지 울려 퍼졌다

292

　그와 동시에 그에게도

　죽음이란 것이 오고 있었고, 그는 그것을 거부하지 않았다, 자기 죽음을 받고 자기 삶은 내주고 싶었다

　그 죽음은 그에게 영원에 해당하는 무엇이었다

　천체를 보려고 하는 자가 얻을 일종의 앎의 통일장 같은 것이었다

293

　그때 반고의 마음의 눈에,

　자신이 올라온 그 땅의 현재뿐 아니라 태초 이전과 까마득한 미래까지 모두 보였다

　단연코, 그곳에 사생의 구분 같은 것이 있을 리 없었다

아, 반고가 마지막에 본 것을 사람들은 다 해석하지 못했지만, 그 우주에 서 있는 그 반고에게는 그대로 남아 있을 것이다

294

마침내 마지막까지 올라가자 그만 땅과 하늘이 분리되고 말았다

18,000년이 지났다

반고는 너무 커져서 자기를 짜고 있는 줄이 그 명을 다하고 스르륵 무너지는 것을 느꼈다

아마 그것이 다 허물어지기까지는 또 18,000년이 걸릴지도 모르지만……

무아가 지금 상상하는 것보다 더 까마득한 과거에 이미 모든 것은 완성되었고, 수없는 자연의 변화와 생멸이
이 우주의 질서로서 반복해온 것을 알았다

295

하늘은 더 높아질 수가 없고 땅도 더 버틸 수가 없었다, 반고도 더 커질 수 없는 최후의 극한(極限)이었다

『예문유취』는 이것을 극고(極高) 극심(極深) 극장(極長)이라고 했다

이제 서정의 사유와 반고의 성장은 그 이상은 불가능했다

그런데 무엇보다 중요한 것은 크다가 크다가 반고가 죽게 되었다는 사실이다

296
반고는 자신의 몸을 주체하지 못했다

어디로 뻗어 있는지도 모를, 그 거대한 몸의 수많은 지체들이, 마치 어디선가 이미 무언가를 기다리고 있는 것 같았다

반고가 그것을 알려면 수십 광년 세월과 생명이 지나가도 모자라고 또 모를 것 같았다

반고 그렇다, 누가 이것을 알 수 있겠는가? 그러므로 모르고 살아가야 하리라

아니 130억 광년은 걸려야 그때 사라진 반고의 머릿속에 있던 그 꿈이 재현될 수 있을지, 그것도 의문이지만,

전달되지 못하고 중간에서 사라져버린 것도 혜성처럼 많을 것이다

297

그러니 모든 것이 불가능한 궁극이었다, 그곳에 망각이 있었지만, 반고는 우주가 되려고 했다

대폭발의 산산조각이라고 해야 하겠다, 아니면 전멸붕궐(顚滅崩蹶)이라 해야 한다

스스로 깨어지고 무너지고 말았다, 반고의 자체 종말이었다

기이하게도 여기서 다시 「소요유」의 궁발지북(窮髮之北)이 떠오르지만, 위대한 것은 죽으면서도 사라지지 않는다

298

모든 걱정과 희망과 절망이 그 순간, 사라졌다, 대체 그것들은 어디로 가서 무엇이 되었는가?!

우주 자체가 되어 자아가 없어지려나……

어느 누구에게도 이 거대한 존재의 분열과 해체, 파생, 해방 속에선 사생의 구분이란 있을 수 없었다

상상할 수 없는 크기의 우주 반고가 죽어서 만물이 생겼다는 말도 황당한 말 같지만, 그래서 물화의 유희이며

무비(無比)의 신비이자 탄성일 뿐이다

한 위대한 인간의 창조였다

299

인간과 일월성신 그 모든 만상이, 반고의 시신에서 생겨났다는 것은 재미있고 기이하고 통쾌하다

저 먼 곳에 있는 장자의 혼돈사가 여기서 작은 신호의 반짝임을 보내준 것만 같아, 죽은 줄 알았던 불빛이 지평에서 반짝였다

늦긴 했지만 동북아에서 사람의 생각이 이렇게까지 위대한 적은 장자 이후 처음이었다

6. 반고의 죽음

300

일월성신과 만물, 인간, 음양이 생기기 전에 우주 자연에서 가장 조화로운 존재 중에

제일 먼저 반고가 생겼다〔수생반고(首生盤古)〕

그가 죽으면서 우주 만물과 뭇 생명, 음양, 만물, 헤아릴 수 없는 것들이 탄생했다

이 문장 없이 하늘과 생명을 바라볼 순 없었다, 이 '수생반고'에 이의를 달거나 의심은 필요하지 않았다

301

여기서 흥미로운 것은 수사화신(垂死化身)이다

이 수(垂) 자에는 드리우다, 거의 등의 뜻이 있으며 수신화사는 반고가 거의 죽게 되었다는 뜻이다

이제 정말 반고는 생각만이 아니라 자기 몸의 완전한 해체와 남김 없는 변화를 받아들여

다른 존재가 되어야 했다

반고는 죽기 직전, 생령이 있을 때 자기 몸을 흔들었을 것이다

302
그리고 반드시 있어야 할 만물의 모양과 숫자대로

모든 세포와 기관 등을 쪼개고 나누고 던지고 버리고 뿌려서 우주 만물의 꿈을 실현하려 했다

반고가 와 있는 그 19,710킬로미터의 하늘 아래 지상의 어느 서재에서

이것을 상상하고 있는 사람은 누구였을까? 그 만물과 창천 (蒼天), 생명을 기억하고 상상하는 것이 어떻게 가능했을까?

303
파멸의 죽음과 탄생은 광속으로 진행되지 않았을까? 그러면 죽음의 금강이라도 되는가? 그래서 그 속에서 생명을 얻는가?

너무나 높고 길고 넓은 큰 몸이었기에, 광속이 지나가도 느려서 몸의 일부는 부패했을지 모른다

그만큼 전멸(全滅)과 해체는 국소마다 빨리 와서 빨리 챙겨 가지고 떠나야 했다, 이별의 말이나 안부, 부촉 같은 것은 필요 없었다

그럼에도 분리된 것은 매우 느리게 각자 퍼져 나갔을 것이다,
일단 떨어져 나간 것들은
자기 지체를 기억하고, 잘 꾸려 보존해야 했다

잘못 입력하거나 누락시키면 나중에 유전되지 않을 수도 있
는 일이었다

304

반고가 아주 죽기 전에 떨어져나온 것들은, 자기 몸에 음양
의 기운(우주의 천둥 번개)을 뒤섞어 휘젓고 반죽하고
늘어뜨리고 압축하면서 스스로 자기 생명과 사물을 만들었다

천지개벽과 생명 탄생의 순간이었다, 모든 사람이 이 광경을
보고 싶겠지만, 아무도 그것을 볼 수 없었다
저 어느 미래에서도
기억하고 상상하지 못할 광음(光陰)이 흘러갔다

얼마나 긴 세월이 걸렸을까? 광속조차 느리고 지루하기 짝이
없었다

아무리 그럴듯한 정보들이 온 하늘을 가득 메웠어도 일찍이
이만한 기쁨과 희망의 메시지는 없었다

305

반고가,

그 무엇이 되는 순간들은 염색체 염기서열이 조합되는 태피
스트리(tapestry, 살과 피와 뼈의 방직(紡織)]이기도 하면서

음양의 반란이기도 했다, 번개가 치고 벼락이 떨어지고 파괴
되고, 그 안에서 새로운 것이 나타났다

수억만 가지 감정과 감각과 그 뿌리들이 그 속에서 불꽃을
튀기며 탔을 것은 말할 것도 없다

교배이기도 하면서 동시에 분열이기도 하면서 돌연이며 필연
이었다, 다시 찾을 수 없는 적멸이기도 하면서

희열이자 완전한 죽음이자 불완전한 생이고 타자이자 자아
이며 무아였다

그것들의 이름이 무엇인지, 그 속에서 이 지상의 오늘의 이것
들이 만들어지고 있었다니 놀라울 따름이다

이 지상에서 아무런 경이와 두려움을 느끼지 못하는 사람들
도 있겠지만……

306

순식간에 기나긴 시간이 지나갔을 것이다, 그 속에 미래의 모

든 생과 이름과 발아와 성장, 결실, 죽음이
　모두 남김없이 내장되어 있었다

　불가사의하고 불가해한 일이다

　무아는 흐릿하게나마 이렇게라도 상상해야 했다!

307
　반고가 죽어 흩어지는 순간,

　신화는 과학을 뛰어넘어 이미 먼 과거와 더 먼 미래 저쪽으로
그 시간들은 휘어지고 있었으며
　우리의 모든 운명과 성취와 삶의 귀결은 그 안에 있었다

　영원 속에 찰나가 있지 않으면 영원이 아니고 순간 속에 영원
이 있지 않으면 순간이 아니다
　반고는 그런 인지할 수 없는 것들 속에 깊이 숨어 있었다

　자신들이 그곳에 와 있는 연원을 알 리가 없지만, 그들은 그
럼에도 전혀 놀라지 않았고
　문득 상대를 바라보거나 자신을 문득 의식하거나 까닭 모를
어떤 친밀감을 느꼈다

308

그가 파열될 때 내쉰 숨결의 기운은 바람과 구름이 되었다

그의 외침은 천둥이 되고 왼쪽 눈은 해가 되고 오른쪽 눈은
달이 되었다[좌안위일(左眼爲日) 우안위월(右眼爲月)]

309

무아는 이 좌안위일 우안위월만 중얼거리고 그 광경만 상상
해도 평생을 소요할 수 있을 것 같았다, 하지만
그 고통이 얼마나 컸으면 외쳤고 그 외침이 천둥이 되었을
까?!

이보다 더 아름다운 절규와 놀람의 시가 있을까?

또 죽음이 얼마나 두려웠으면 두 눈이 해와 달이 되었을까?

310

저 달과 해의 빛 속에서 반고의 외침이 들리는 것 같다, 그 빛
이 입자와 파동이라 하지만
그것의 본질은 소리가 아닐까?
반고의 외침이여, 소리가 우리를 고독으로부터 지켜주었고
소리가 끝나면 다시 고독으로 돌아왔지만,
그 영혼의 귀는 외롭진 않았을 터

311

수족은 하늘을 떠받치는 네 개의 기둥이 되면서

반고는 폭탄처럼 터져 나갔고, 그 살점과 뼈와 피는 모든 것이 되었다

곳곳에서 발생하는 이 존재의 탄생들은 반고 자신도 알 수가 없었을 것이다, 그 자체들이므로 알 필요가 없었다

아, 그랬을 것이다!

그 땅의 모든 것이 혼돈이었다

312

그 만물을 헤아리면 끝이 없다, 그것들이 퍼져간 곳을 찾을 길이 없을지라도 반드시 무아처럼 그곳에 모두 있을 것이다

반고가 외치는 소리가 우리 몸속에 피와 살, 뼈와 신경 속, 감각, 사유 등 없는 곳이 없이 세포 속에
물의 보석처럼 박혀 있다

정신없이 해체되고 틈도 없이 바뀌어 나가는 찰나에 몸을 나

투는 창생의 놀라운 순간이었다

그때 반고는 장자처럼 상아(喪我, 스스로 죽음)했을 것이다

반고는 자신을 수많은 개체로 나투면서 불사(不死), 불멸(不滅)이 되었다

313
제일 먼저 반고의 기가 바람과 구름이 되고, 그 음성은 천둥번개가 되고

두 팔과 두 다리는 사극(四極, 동서남북의 끝)이 되고, 온몸(사지와 머리)은 오악(伍嶽)이 되고

또 그의 피는 큰 강이 되고 하천이 되었다

314
힘줄과 핏줄, 근육과 혈맥〔근맥(筋脈)〕은 지리가 되고 피부와 살은 밭과 논이 되었다

그때, 머리카락과 수염은 별이 되었다, 가죽과 털은 풀과 나무가 되었다

315

이빨과 뼈는 쇠와 돌이 되고, 골수는 주옥(珠玉)이 되었다,
그가 흘린 땀은 비가 되고 이슬이 되었다

아, 그러고 나서 몸에 있는 모든 벌레는
바람을 만난 감화로 인하여 백성[여맹(黎甿), 어두운 사람들]
이 되었다

316

여기서 특이한 것은 신지제충(身之諸蟲) 인풍소감(因風所感)
화위여맹(化爲黎甿)이다
바람의 인연이 대단했다

음이 열리고 양이 감응하여 중화(中和)하니 이 중화가 곧 사
람이었다, 그러나 그는
무지한 어리석음의 존재였다

무아는 자연의 무법자가 된 사람들이 반고의 몸에 살던 벌레
들이었다는 말에서
웃음이 나왔다 그렇다, 인간은 충(蟲)이었다

317

얼마나 다급하게 그 벌레라도 되려고 몸부림쳤을까, 자칫 늦

장을 부렸다면

사람이 없을 뻔했을지도 모를 일이었다

하하하, 인간을 대단한 존재로 보지 않으려는 서정의 마음이
무아의 깊은 흉부 속에까지 전해졌다

사람은 때로는 우주의 중앙이기도 하지만 벌레만도 못한 존
재였다

아마도 반고 속에 같이 있던 정자와 난자 벌레가 합쳐지면서
수정와 분열의 과정을 거쳐 X와 Y에 의해 성이 남자와 여자
가 만들어졌을 것이다

318

그러나 위안이 되는 두 가지 물화가 여기 있었다

반고의 머리카락과 수염이 별이 되었다는 것이다, 사람에 대
한 가장 놀라운 이해의 발견이자 상상이었다

반고의 머리카락과 수염이 별이 되지 않았다면, 우리에게 오
늘의 자아와 영혼은 없었을지 모른다

319

그 머리카락과 수염이 저 수많은 잔별이 되었다니, 놀라울 따름이며 할 말을 잃고 말았다

사람의 머리카락과 수염이 예사롭지 않은 모양으로 바라보인다

다행이다,

캄캄한 밤하늘의 별들을 지상에서 쳐다보면, 그의 머리카락과 수염 냄새가 난다

320

적어도 사람은 별을 쳐다보아야 하는 벌레였다

아무 소용이 되지 않는 별을 쳐다볼 줄 알아야 했다, 그것이 두상에 있는 머리털과

입가와 뺨에 났던 그 수염 때문이었다

희미한 별빛이 '마음거울'에 비친다, 그 별들은 그들이 돌아가야 할 머리카락과 수염이었다

두 번째는

그들이 논과 밭이 된 반고의 피부와 살을 손수 일구어야만 살아갈 수 있었다는 점이다

끝없는 자연 순환이 그들의 노역을 기다리고 있었다, 그것은 그들이 만물을 지배하는 대가였다

세 번째는 그 모든 자연의 만물이 모두 반고의 육신이었다는 점이다

다만, 한 가지 아쉬운 것은 쥐와 소, 토끼, 호랑이 그리고 닭과 개와 돼지들의 이름이 거명되지 않은 점이지만 그것은 여명 속에 감춘 것으로 보인다

321
무아는 반고를 뒤돌아본다

분열과 해체, 변화, 파생, 분별, 지혜, 감각 등이 반고 안에 가두어져 있었다
이 우주 자연에 널려 있는 모든 별과 강, 산, 초목, 돌, 흙, 짐승, 벌레 모두를 불러들여 다시
반고 안에 집어넣는다면

바로 그가 저 중앙에서 홀로 서 있던 혼돈이 되리!

322
공기가 없는, 적막한 무중력 상태의, 어둠과 밤이 따로 없는

빛으로 가득 찬 우주 속을 공전하는

지치고 병들고 망가진 지구를 생각하면 우리가 가야 할 곳이
어디인지 알 길이 없다

그곳은 자연을 파괴한 제국의 공룡 도시들이 지구를 뒤덮고
있다

천문학적 생산과 소비가 하늘에 쌓여가는 거대 도시들의 하
중으로 지구는 자전과 공전의
균형을 잃고 비틀거리고 덜컹거리고 있다

무아의 영혼도 지치고 병들었다

남해의 숙 임금과 북해의 홀 임금이 혼돈의 중앙 임금에게 구멍을 뚫다

혼돈만, 그것이 있지 않다

시험 삼아, 구멍을 뚫어주자, 하고

매일, 구멍 하나씩을, 뚫었다.

此獨無有 嘗試鑿之 日鑿一竅

1. 그 어느 날, 남해와 북해

323

언제부터였을까?

남해를 지배하는 임금을 숙(儵)이라 하고, 북해를 지배하는
임금을 홀(忽)이라고 했다

사실 남해와 북해에는 수많은 나라가 있었다*
누가 그들을 그렇게 불렀는지는 알 수가 없다, 다만 숙(儵)은
잿빛의 검고 빠른 그 무엇이었고 홀(忽)은
홀연하고 갑작스럽게 절멸하는 그 무엇이었다

324

그 외 그 둘에 대해 알 수 있는 것은 아무것도 없다
이들을 사람이라고 하지 않고 임금이라고 한 점도 의문이다,

---

* 중국 권역의 안쪽 지역에 해당하는 해내(海內)의 동서남북과 동해 바깥 권역인 대황(大荒)의 동서남북은 말
할 것도 없겠지만, 해외남경(海外南經)에는 몸에 날개가 있고 뺨이 기다란 사람들의 우민국(羽民國)이 있었고
날개가 달리고 새의 부리를 한 사람들의 환두국(讙頭國)이 있었다. 또 입에서 불을 내는 사람들의 염화국(厭火
國)이 있었고 가슴에 구멍이 뚫려 있는 사람들의 관흉국(貫匈國)이 있었으며 머리가 셋인 사람들의 삼수국(三
首國)이 있었다. 해외북경에도 동굴에 살면서 흙을 먹고 살다가 죽으면 120년 뒤에 다시 살아나는 사람들의 무
계국(無䏿國)이 있었고 눈이 하나뿐인 사람들의 일목국(一目國)도 있었다. 다리 하나에 팔이 하나뿐인 사람들
의 유리국(柔利國)이 있었고 높이가 천 리 되는 고요(姑蘇, 심목(尋木))라는 나무가 사는 구영국(拘纓國) 등 수
많은 나라가 있었다. 혼돈처럼 이 나라들도 누군가에 의해 멸망되었다.

신은 더더욱 아니겠지만 사람이 아닐지도 모른다

그리고 그 남해와 북해 사이에 땅이 있는데 그 이름이 혼돈
이었다
이 혼돈 땅의 임금이 중앙이었다, 그러나 혼돈은 통치자나
지배자가 아니었을 것이다

아름다운 중앙의 땅이었다

325
그 남해의 숙 임금과 북해의 홀 임금 그리고 중앙의 임금 혼
돈은 서로 멀리 있어야 했고
만나고 싶어도 멀리서 생각하는 대상이었다

사실 남쪽의 번쩍이는 해가 지나가는 바다의 임금이라고 하
더라도
북쪽의 어두컴컴한 침묵의 바다 임금이라고 하더라도 둘은
자주 만날 수 없었다

그곳은 쥐와 소, 호랑이, 토끼와 용과 뱀, 말과 양과 원숭이
그리고 닭과 개와 돼지들이 자유롭게 산야에서 살고 있었다
새벽엔 닭이 울고 밤엔 호랑이가 돌아다녔고, 가끔 말이 동
쪽 들판 끝까지 뛰어갔고, 비가 내리는 하늘에 걸린 무지개를

타고

용이 하늘로 날아올랐다

326

남해와 북해를 아래위로 구분해주는 혼돈의 땅에서 두 임금은 많은 것을 얻어 갔다

주야로 강물이 혼돈의 땅에서 흘러 내려와서 두 바다를 풍요롭게 만들어주었다

두 바다 사이에 있는 혼돈의 땅은 산맥이 있고 분수령이 있는 동서로 길게 뻗은 거대한 대륙이었다

두 임금은 분명 가을에 연중행사로 혼돈의 땅을 찾아와 혼돈의 덕을 높이 찬양했을 것이다

아마도 그들은 눈과 귀, 코, 입이 없이 생존하는 혼돈이기에 더더욱 그를

신성한 존재로 모시고 존경했을 것이다

327

분명한 이유를 알 수 없지만, 북해와 남해는 일출과 일몰의

중간인 혼돈 없이는 존재할 수 없었다

남해는 북쪽의 혼돈을 올려다보고 항상 감사하며 숭모했고,
북해 역시 남쪽의 혼돈을 내려다보며
항상 감사하며 숭모했다

매일 해가 그 혼돈의 땅을 건너갔다, 혼돈은 그것으로 족했다

그에겐 부족한 것도 없고 바라는 것도 없었다, 혼돈은 그 당
시 먼 과거와 미래가 한 몸으로 이어진
현재라는 시간의 생명 속에 속해 있었다

328
그해에도 두 임금 숙과 홀은 혼돈의 땅 중앙에서 만났다

파도치고 흐르는 바다라는 자연적 문명의 눈으로 볼 때, 땅
은 정지하고 침묵하고 있는 미개지이자 처녀지였다
그래서 두 임금에게 혼돈의 땅은 외교적으로 정치적으로 중
립지대이며 신성한 곳이었다

혼돈의 땅이 없었다면 두 임금은 전쟁을 치렀을 것이다

329

그래서 두 임금은 사실 혼돈의 땅에 도착하면 아무것도 판단할 수 없는 존재가 되곤 했다

바로 그 판단 불가가 남해와 북해를 떼어놓는 불문율이었다
중앙은 아무 생각도 일어나지 않는 땅이었다

그럴수록 두 임금은 혼돈을 사이에 두고 멀리 수평선 밖에서 마음을 주고받았다
두 임금은 그해따라 몹시 서로를 그리워했다, 그것은 무언가를 터놓고 말하고 싶은 욕망 때문이었다

두 임금이 혼돈의 땅 중앙에 뚫린 남북해협에서 해후할 때,
북해의 한 물결과 남해의 한 물결이 만나 거대한 합수의 영역을 일으키며 부풀어 올라 소용돌이쳤다
검은 용과 푸른 용이 만나 태극 무늬를 그리는 것 같았다

330

사실인즉슨 속내로 숙과 홀 임금은 각각 혼돈의 땅을 가지고 싶었지만 그 마음을 표출할 수 없었다

그렇게 반가워하면서도 그 둘은 절친이 아닌 무여친(無與親)이었다

서로 혼돈에 대한 자기 마음을 드러내지 않았다, 그들은 상대를 존경하고 기정(欺情)하면서

자신과 상대를 속이고 있었다

331

그런데 이번은 달랐다, 바다는 그들의 침묵과 욕망과 상관없이 파랑치면서 그 두 임금을 자꾸 충동질했다

그 물결들이 두 임금을 선동하면서 높은 선착장으로 두 임금을 밀어 띄워 올렸다

물이 빠져나가자 그 두 임금은 혼돈의 땅에 올라섰다, 기이한 형상이었지만 자세히 묘사할 수 없었다

그런데 두 임금 사이에 놀라운 일이 일어났다

중앙에서 만난 숙과 홀 임금은 사전 협의도 없이 서로 거대하고 뚱뚱한 몸으로 포옹을 하더니 사구 너머에 있는 늪가로 들어갔다, 그리고

이야기를 나누었다, 두 바다의 음모였다

자신들도 이렇게 가까워질지 몰랐다, 갑자기 가까워지는 것은 여러 면에서 좋은 것이 아니었다

332

이 모계는 이미 그 둘이 각자 오랫동안 숨기고 있던 속셈이었다, 탐욕을 숨기고 선한 말의 덕을 드러냈다

남해의 숙 임금 북쪽 바다 임금이여, 나는 혼돈의 덕에 보답해야 하지 않나 하고 늘 생각하고 걱정해왔습니다
북해의 홀 임금 아, 남쪽 바다 임금께서 그러셨군요, 사실 저도 오랫동안 그 생각을 했습니다, 중앙 임금이 있는 혼돈의 땅이 지닌 덕은 이루 헤아릴 수가 없습니다
남해의 숙 임금 우리가 무엇을 혼돈의 임금에게 해드리면 중앙 임금께서 좋아하실까요?
북해의 홀 임금 우리 둘에게도 좋고 중앙 임금에게도 좋은 일을 생각해봅시다!

그 둘은 상대방의 뱃속에서 나는 "꼬르륵" 소리를 들으면서 목을 끼룩거렸다, 처음 보는 머릿짓이었다
뾰족한 투구를 눌러쓴 그들의 얼굴은 보이지 않았다

333

사실 혼돈은 숙과 홀 임금에게 과할 정도로 잘해주었다, 자신의 모든 것을 내주었다
혼돈은 숙과 홀 임금의 백성이 맘껏 먹고 입고 즐길 수 있는 것을 사시사철 적절하게 제공했다

혼돈에게는 거의 무한에 가까운 양식과 자원이 있었다. 무한 보시와 은택을 무엇이라 말해야 할까?

두 임금은 그것을 백성에게 나누어주면서 아무도 모르게 남해와 북해의 권력을 장악했다. 그런데

생명체들은 계속 은혜를 받으면 교만해지고 다른 탐욕을 내는 존재였다

334

숙과 홀 두 임금은 혼돈의 은덕을 치켜세우며 중앙 임금이 가지고 있는 모든 자원까지 확보할 속셈이었다

혼돈은 그런 약탈과 보은(報恩), 미래의 기획, 준비 같은 것을 모르고 있었다

숙과 홀 임금은 한목소리를 냈다. 두 몸의 한 몸이고 두 임금의 한마음이 되었다. 사실은

매우 위험한 짓을 하고 있는 셈이었다

335

남해의 숙 임금 사람은 두 눈으로 만물을 보고 두 귀로 보이지 않는 소리를 듣습니다. 하나의 입으로 음식을 먹고 말하며

두 콧구멍으로 숨을 쉽니다

이것이 사람에게 있는 일곱 구멍〔칠규(七竅)〕입니다. 그런데 우리 혼돈 임금에게는 이것들이 없습니다

매우 심각한 표정으로 듣고 서 있던 홀 임금은 깜짝 놀랐다

북해의 홀 임금 아니, 숙 임금께서 그러셨습니까? 저도 똑같은 생각을 했습니다!

336

두 임금은 서로 뚱기면서 손뼉을 치고 눈맞춤까지 했다, 둘은 어디서 배웠는지 눈을 "깜짝, 깜짝" 했다

작은 이견조차 없었다, 그러나 그것은 모역(謀逆)이었다
그것은 본래 없는 모부(謀府)를 발생시키는 일이었다, 본래 장자는 명호(名尸)와 사임(事任), 지주(知主)와 이 모부를 경계하고 거부했다
두 임금에게는 그 모부의 본능이 강하게 살아 움직이고 있었다

두 임금은 약간 두렵고 미심쩍어하면서도 서로를 믿지 않았다

337

지금 혼돈의 땅엔 두 임금밖에 없었다, 둘의 대화를 듣는 귀는 그 어디에도 없었다, 늘 주위를 살피는
숙과 홀 임금은 조용한 하늘과 들판의 억새, 저 멀리까지 펼쳐진 지평선, 그리고

미동도 하지 않는 검은 산을 관찰했다

아무도 없었다

338
혼돈은 얼굴과 이름 같은 것 없이도 불편 없이 지냈지만, 두 바다의 왕은 그것을 그에게 만들어주면
지금보다 더 편리하고 행복하게 살 것이라고 생각했다
이 공통된 생각은 그 둘을 갑자기 가깝게 만들었고, 그 모계는 두 임금의 마음을 하나로 이어주었다

그런데 정말 숙과 홀 임금은 자신들의 모부를 몰랐을까? 그렇다면 이 예언의 시는 재미가 없어지고
조궤(弔詭)와 화두가 되지 못한다
알지 못하는 것이 움직이고 인식되지 않을 때, 이 세계와 생물은 난해한 장소와 신비의 존재가 된다

339
둘이 나누는 말은 거대한 물너울처럼 넘실거리고 지나갔다, 바다가 불쑥 머리를 쳐들어 내륙 안을 들여다보았다

두 임금은 서로의 모부를 알면서 모른 척했다, 그 물결은 어떤 신성처럼 만물을 다 보고 있으며 무슨 뜻인지 알 수 없는 물

결 소리를 반사시켰다

"철석, 철썩"

340

혼돈에게 좋은 일을 해주고 싶은 똑같은 말이 숙과 홀 임금
의 입에서 동시에 튀어나왔다

남해의 숙 임금 하늘에는 해와 달이 있고 사람에게는 두 눈이
있습니다, 하늘에는 천둥 번개가 있고 사람에게는 분노와 흥분,
공감, 친밀감 등 온갖 감정이 있습니다

북해의 홀 임금 그렇습니다! 혼돈 임금에게만 그것이 없습니다

두 임금은 하늘을 쳐다보며 "껄껄껄" 하고 호기롭게 웃었다

341

그렇게 말한 홀이 잠시 한 바퀴 자기 몸을 돌리더니(그때 첫
소리가 울렸고, 그래서 숙 임금은 조금 뒤로 물러났다)
돌을 하나 집어서 먼바다로 던졌다

남해의 숙 임금 하늘에는 비와 이슬이 있으니 사람에게도 콧
물과 눈물이 있어야 합니다, 사람은 하늘과 땅 사이에서 가장
존귀한 존재입니다, 혼돈에게 그것이 있어야 합니다,

북해의 홀 임금 그럼요, 그렇고 말고요! 우리가 시험 삼아, 그에게 구멍을 뚫어주는 것이 어떻겠습니까?

남해의 숙 임금 대단한 생각입니다. 저도 그렇게 생각했습니다. 우리 그렇게 합시다

342

숙과 홀 임금은 자신과 상대에게 흡족해했다

다만 그 "시험 삼아[상시(嘗試)]"란 말이 거슬렸다. 파랗고 차가운 하늘이 그들의 말을 듣고 있는 것 같았다

그 말에는 실패해도 괜찮지 않겠느냐는 사심(蛇心)이 있었다

그때 멀리 날아가던 돌이 바다에 떨어지는 소리가 들렸다

2. 착규(鑿竅)를 시작하다

343

땅을 파고 바위를 깬다는 것이 이렇게 슬프고 비극적인 일인 줄은 몰랐다

드디어 두 임금은 혼돈에게 다가갔다, 중앙 임금은 혼돈 땅 저 한가운데 있었다, 주위에는
산과 늪이 있었고 바람이 간간이 불고 햇살이 내리비췄다

그것들이 혼돈의 눈과 입 같았다

조용하고 신성했다

혼돈은 다른 때처럼 그대로 그곳에 머물러 있었다, 아마 다른 생명들에겐 보이지 않았을 것이다

344

두 임금은, 대강 눈이 될 곳과 귀와 입, 코가 될 곳을 정해놓고 구멍을 낼 준비를 구상하기 시작했다

보아하니 위쪽에 눈구멍을 파야 할 것 같고

그 양옆에 귓구멍을 파야 할 것 같고 그 하관 안쪽에 콧구멍을 파야 할 것 같고 그 아래쪽에 입구멍을 만들어야 할 것 같았다

간단한 것이었다

345

한 치의 오차도 없어야 했다, 그러나 정체불명의 이 외과의사들은 섬세한 것 같지 않았다, 대강의 선을 짐작하고 내리치고

두드려 깨어내면 된다고 생각했다

그들은 자기들 몸 안에 있는 마치, 정, 가위, 척도 등을 의식하면서 혼돈에게 대수술을 시키려고

산으로 올라가 하늘이 환히 뚫려 있는 어느 늪가에 다다랐다

혼돈의 목과 가슴, 배, 다리는 어디 있는지 보이지 않았다

346

눈구멍을 제일 먼저 뚫는 것은 혼돈이 자기의 구멍이 만들어지는 것을 직접 보게 하기 위해서였다

자신들이 은혜를 갚는 모든 과정을 눈 속에 새기게 하려 함이었다, 혼돈이

217

구멍을 뚫지 말라는 소리를 내지 못하게 입을 나중에 내주기
로 했다, 혹시 입을 뚫기 시작하면 뚫지 말라고

소리칠지도 모를 일이었다

347
무아는 이때의 긴장과 불안, 모험과 공포, 기대를 다 상상하
고 표현할 순 없다

그들은 자신들의 기술과 경험을 믿고 있었다
그런데 두 바다의 임금은 무엇을 가지고 혼돈에게 구멍을 뚫
었을까?

두 임금은 지금의 무아로선 상상도 할 수 없지만 거대한 착암
기(鑿巖機)와 연마기를 가지고 있었던 것 같다

그런데 이 시간은 언제일까? 그 당대란 어떤 시간일까? 먼 미
래일까? 그도 아니면 육체 속에 있는 우리의 마음일까?
혹시 누군가의 상상일까?

348
'산더미 같은 화복(禍福)이 다가와도 이를 분별할 수 없다'는

회남자의 말이 떠올랐다

「정신훈」(제7권)은
"어찌 곤궁하고 부유하며 살지고 파리해지려 하는가〔부개위
빈부비구재(夫豈爲貧富肥癯哉)〕…… 그러므로
쓸데없는 것임을 알게 되면 가난한 자도 능히 그것을 사양한
다〔고지기무소용(故知其無所用) 빈자능사지(貧者能辭之)〕

임금의 탐욕이 발광하는 순간이었다

349
무아는 아주 빠르게 생각해야 했다, 장자가 예언한 그 미래
바깥까지 어서 갔다가 황급히 이곳으로 돌아와야 했다
그러지 않으면 그 현장의 통곡을 들을 수 없고 아무것도 기
억할 수 없게 될 것 같았다

그 어디선가 이런 말이 들렸다.

"우리는 어떻게 되는 것이지(?!) 혼돈이 없으면 나중에 우리
가 갈 곳이 없게 될 텐데……"

350
아직도 완전히 폭발하지 않고 안에서 불타고 있는 태양

고갈되는 지하 호수들, 가스, 유전, 땅속 깊은 곳의 검은 구덩이들, 솟아오를 듯 더 강하게 부글거리는

지구 내부의 마그마, 밤의 천체를 환히 수놓는 수많은, 머나먼 별들

영원히 불타고 있는 우주, 동트고 있는 지구 저 건너편 어느 혹성의 땅에 언어와 생명이 있으며

잔인한 자들이여, 지혜와 협력이 있고 착규가 있을까?

351

그 표면 위에 생명이 있음을 감히 누가 알고 있었을까?

저 외계에는 아무도 없을 것이다, 생명이 있을 가능성이 거의 없다, 이 아득한 지구의 비밀

창망과 고독과 태허의 세계는 '저곳'에 있다, 감히 수직으로 올라갈 수 없는 저곳

머리 위 밤의 천체, 텅 빈 허곽(虛廓) 속에서 수많은 별이 반짝일 뿐이다

352

꿈이 바라마지않는 것은 그 세계가 아닐까? 조용히 멀리까지

맑은 가을밤처럼 생각하면

그러니까, 저 크고 작고 멀고 가깝고, 반짝이고 숨어 희미한 모든 별이 하나로 통일될 필요는 없다, 그것은

사유와 소요와 무용, 삶과 우주와 바람에게 구속이자 형틀이고 재앙이다

자연은 있는 그대로 두고 가게 해야 한다, 저 천체를 누가 구부릴 수 있다는 것은 가당치 않다, 그것은

어떤 신도 할 수 없는 영역이다

353

아무런 권리와 의무가 없는 벌레의 본능들이 지금 자연과 지구의 하늘에

구멍을 내고 있는 것이 아닌가(?!)

그곳에 가서 살려고(?) 그곳에서 행복하려고(?) 지구와 모든 역사를 버리고(?)

어느 별로 가고자 하는가?

그런 가짜 희망에 인류와 지구 전체를 맡길 수는 없는 일이다

354

왜 원고(遠古)의 두 임금은 구멍 없는 몸에 구멍을 내고 싶어 했을까? 보은을 위해서(?) 중앙을 차지하기 위해서(?)

그들은 자신도 모르게 거짓말을 하고 있었다

이 모반은 반역이며 이 반역은 지구와 자아의 모살(謀殺)이
었다

그들은 눈구멍의 흙을 파내고 혼돈을 살해하려 하고 있었다,
한 번도 밝혀진 적이 없는 그들의 모부에선
무서운 화약과 장비들이 번쩍이고 있었다

구멍을 뚫는 기계는 태아를 잘라내는 기계처럼 무시무시한
속도와 힘을 가졌을 것이다
왜 한 존재가 다른 생명에 손을 대려 하는가, 그 자체가 파멸
이고 영겁의 카르마였다

355

무아는 남해와 북해 앞에 나와 있는 까마득한 과거의 한 인
간에게 남아 있는
기억의 한 조각을 가늠하지만 볼 수가 없다, 아무것도 보이지
않는다, 그곳에서 무슨 일이 일어났는가?

모든 것이 꿈인 것만 같다, 아니다 꿈이 아닌, 불길한 현실이다

그러나 지금도 누군가는 그 통곡의 바다를 잊지 않고 생각할

것이다

　지금도 수많은 임금이 그 혼돈의 착규를 멈추지 않고 계속하
고 있을 것이다

3. 살해 현장, 피바다

356
두 임금은 먼저 혼돈의 얼굴에 오르내릴 수 있는 계단을 만들었다

그 두 임금은 계단을 만들어 올라가면서 서로 의논하지 않고 혼자서 속으로 의심하며 결심했다

남해의 숙 임금 정말 혼돈의 그 머리에 일곱 개 구멍을 낼 수 있을까, 벌써부터 제일 두려운 것은 혼돈의 눈을 뚫는 일이다

북해의 홀 임금 얼어 있는 것처럼 새파란 하늘 속에서 이런 소리가 들려오는구나, 구멍을 내지 마. 제발! 구멍을 뚫지 마!

절규였다, 그 고요의 절규는 소음 속에서 벌써 혼돈의 날카로운 암석들과 함께 부서져 떨어져 나갔다

357
혼돈의 계단은 피투성이가 되었다, 수평선까지 그의 붉은 핏물이 번들거렸다

두 바다의 임금은 허리를 구부리고 신이 나서 언덕을 파괴하

며 올라갔다, 바느질 실같이 가느다란 신경과 핏줄, 구멍 속에서
　폭약이 터지고 중앙의 땅이 뒤흔들렸다

　거대한 암석이 깨어지고 무너졌다

　두 임금의 몸뚱이는 그 폭파음이 날 때마다 수백 배로 커졌
다 작아졌다 했다
　갑옷 바깥으로 나온 두 임금의 강철 같은 뱀 꼬리가 허공과
바위를 내리쳤다, 혼돈의 얼굴을
　만들 곳으로 올라가는 계단을 내고 있었다

358
　그 둘은 어디선가 많이 본 것 같은 모습을 한 인간들이었다,
어쩌면
　밤낮없이 곤륜산을 허물어서 그 흙으로 제방을 쌓았다는 순
과 우 같기도 했다

　둘은 가끔 허리를 펴고 주위를 경계했다
　그러는 그들은 수만 개의 화살과 수천 개의 창을 숨기고 있
는 궁사와 자객 같았다

359
　혼돈은 이상하게 움직일 수가 없었다

중간쯤 계단을 만들자 날이 저물었고 그들은 첫날밤을 그 계단 위에서 보냈다

그러면서 그 두 임금은 서로 대화를 나누지 않았다

자기감정과 의견을 상대에게 내보이는 것을 아주 꺼리는 존재들이었다

그들은 하나의 바윗덩이가 된 듯이 우주의 한 계단 위에서 잠들어 있었다

다시 그 이튿날이 아침 바다에서 밝아왔다

햇살을 받은 물빛이 번들거렸다, 그것은 핏빛이었다

모든 항구 사람들이 미래에 눈이 부셔할 황금의 그 아침 빛이었다

360

혼돈의 핏물이 아직도 하천으로 흘러가고 있었다, 혼돈은 고통스러웠지만, 아무런 소리도 낼 수 없었다

혼돈의 핏물은 뜨거운 정오를 지나 산을 넘어 바다에서

천천히 태양 쪽으로 이어져가고 있었다

자연의 어떤 고통에 대해 어느 자연도 도와주지 않는다, 어떤
은혜를 서로 갚지 않고 지나가는 것처럼

그러면서도 그들은 서로가 희생되고 서로를 길러준다

361
늑골 한쪽에 거대한 착공기의 회전 칼날을 집어넣었다, 굉음
을 내지르는 강력한 속도로 회전 굴대가 돌아가면서
돌과 흙을 파 밖으로 내던지며 양수와 준설이 계속되었다

혼돈은 물과 폐석으로 뒤덮여갔다, 두 임금은 보였다 안 보였
다 했다

두 임금의 작업 동작은 번쩍번쩍 빛을 내비쳤다

그들은 신하와 참모, 기술자 등 얼마든지 동원 가능한 노동
력을 모두 거절하고 둘만이 그곳에서 아무도 모르게
비지땀을 흘리고 있었다
비지땀은 눈으로 들어갔고, 부서진 돌가루가 그들을 뒤덮었다

362
남해와 북해의 두 임금은 번쩍이는 바다처럼 눈을 부라리며

기계처럼 지칠 줄 모르고 일했다

시간은 커다란 천둥소리를 내며 뛰어갔다, 땅이 "쿵쿵" 울리고 산에는 마른번개가 "번쩍번쩍" 쳤다

세계를 가로질러 간 비정한 번갯불!
그 모든 것을 기억하여 담아가는 하늘의 불빛!

숙과 홀 임금의 실루엣이 멀리에서 기이한 모습으로 비쳤다, 도대체 저들은 무엇을 하는 존재인가(?!)

무엇을 만들려 하고 무엇을 파괴하고 있는가(?!)

363
시간은 멈추지 않고 흘러갔다

그들의 눈동자 속에서 다른 어떤 존재가 살기 어린 눈을 하고 밖을 지켜보고 서 있는 것 같았다

동공 속에 서 있는 그 작은 그림자를 본 존재는 없었다, 그들 자신도 보지 못하고 있었다

임금들의 감시자 같았다

그들은 어떤 타자 인식력도 동정심도 이해심도 공감력도 자비심도 없었다 그들은

비인(非人)인 것 같았다

또 하루해가 저물어갈 무렵, 그들은 계단을 완성했다

364
계단을 만든 두 임금은 그 계단을 내려와서 바닷물에 갑옷을 입은 채로 잠수했다가 나와서

어딘가로 돌아갔다

혼돈의 땅은 이 우주에서 가장 캄캄한 칠흑의 밤을 지키고 있었다

바다는 검은 피바다로 변했으나 우주의 밤은 찬란했다

4. 하룻날, 왼쪽 눈구멍을 뚫다

365

두 임금은 칠규를 파는 첫째 날을 맞이했다

저벅저벅, 두 임금은 계단을 단숨에 차고 올라갔다 쇳소리와
돌소리가 혼돈의 고요한 아침 땅을 짓밟았다

그들은 눈이 있어야 할 자리를 찾아 올라가자마자 눈구멍의
그림을 그리고 그것을 파기 시작했다

366

하늘에서 폭양이 내리쬐고 있었고, 굉음은 온 천지에 울려
퍼졌다, 실로 기괴한 풍경이었다

낮 하늘에 잠들어 있는 은하수들도 잠을 취할 수 없을 정도
였다, 죽음 속에까지
혼돈의 눈구멍을 파는 소리가 먼 수평선 너머에까지 "쿵, 쿵"
"찰카당찰카당" 울려왔다

그때 어떤 혼돈의 아이들도 깨어나지 않았다

367

하지만 처음 첫 번째 칠규를 파는 두 임금은 두려움에 떨었다

이러다가 혼돈이 잘못되는 것이 아닐까, 아니 우리가 누군가
로부터 천벌을 받는 것이 아닐까, 그 둘은 사실
알지 못하는, 한 번도 본 적 없고 생각한 적 없는 그 누군가
가 두려웠다

두 임금은 그러나 혼돈에 대한 공포와 서로에 대한 맹목적인
믿음을 감추었다

시추는 멈추지 않고 계속되었다
멈추지 않고 움직이는 것만이 쓸데없는 불안을 물리치는 방
법이었다

368

남해의 숙 임금과 북해의 홀 임금은 잔인했다

아무도 보지 못하게 했고 기록하지 않았고 무자비하고 집요
했다
이제는 돌이킬 수 없을 뿐 아니라 멈출 수 없는 지경에 다다
르고 있었다, 그들은 암벽을 깨고

혼돈의 얼굴에 왼쪽 눈을 파들어갔다

369

혈관이 없는 각막은 빛을 통과시킨 것 같은 흔적이 있었다, 섬유막 때문이었다

그 흔적을 본 남해의 숙 임금이 슬픔 같은 것을 느꼈다

그답지 않았다

화덕(火德)으로 알려진 남해의 숙 임금이 중얼거렸다

남해의 숙 임금 얼마나 오랫동안 빛이 들어오지 않았으면 이렇게 눈의 천이 삭아 있을까?

대체 누가 혼돈을 어둠 속에 이렇게 오랫동안 방치했을까? 혹시 마이봄선이 망가졌을지 모르겠다!

그들은 만능의 의사와 과학자 같았다

370

혼돈의 얼굴에 있는 모세혈관은 굳어 있었고, 이미 한쪽은 화석이 되어 있었다, 하지만

안면동맥은 광대뼈 밑의 입꼬리 쪽에서, 길게 길게 그리고 깊게 깊게 뛰고 있었다

맥을 짚던 북해의 홀 임금이 기뻐했다

북해의 홀 임금 혼돈은 살아 있다

문득 뒤돌아보았다, 눈의 바다 같은 북해가 빛나고 있었다

그러나 특별한 것은 없었다, 내려다보이는 사위는 아무 기적이 없었다

저 아래쪽엔 파헤쳐 던진 돌과 흙이 흩어져 있었고 양수한 물이 반짝였다, 미래의 어느 누가 기억할 것 같은 풍경이었다

371

살아 있는 혼돈을 확인한 두 임금은 힘이 났다

번쩍이는 갑옷 속에서 땀을 뻘뻘 흘리는 두 임금의 얼굴은 가공스러웠다

후대에 어느 누구도 그들의 얼굴을 그린 적이 없었다

둘은 흙물투성이가 된 얼굴을 쳐다보면서 눈구멍 속에서 호기롭게 낄낄거렸다

미쳐버린 신 같았다

그것은 사람의 웃음소리가 아니었다, 짐승의 목구멍에서 나오는 소리였다

혼돈의 미간이 한번 파르르 떠는 것 같았다

372

그러나 땀을 흘릴수록 그들은 돌이킬 수 없는 비참한 심경에 휩싸였다, 자신들이 기괴한 존재로
전락한 것 같은 느낌이 벌써 그들을 짓누르고 있었다

그들이 입고 있는 옷이 때론 명사(明絲)처럼 떨렸다, 그것은 옷이 아니라 갑옷으로 된 살갗이었다
금으로 된 공룡의 살가죽처럼 늘어나고 접히면서 번쩍였다

접혀 있는 곳은 녹이 슬어 검붉은 물이 흘러내렸다
그래서 부식되고 녹아내리는 겨드랑이와 사타구니를 가리고 엉기적거리며 걸어다녔다

373

중앙의 바람조차도 그 두 임금의 괴이한 걸음걸이가 무서워서 그들에게 접근하지 않았다

갑옷살갗은 걸을 때마다 무시무시한 마찰음이 났다

"철커덕철커덕, 철커덕철커덕"

374

그들의 손은 쇠뭉치 같았다, 손가락은 장갑 밑에 가려져 있었고
발은 쇠장화 속에 있어서 보이지 않았으며, 발은 영원히 그
장화를 벗을 수 없을 것 같았다
발가락이 없는 황소의 발굽과 같은 발이었다

그것은 그의 아내뿐 아니라 그들의 자식과 친척 누구도 보지
못한 것이었다

그들은 대갑(帶甲) 같았다

375

두 임금의 발과 손은 그 무엇에도 구멍을 뚫을 수 있는 회전
칼 모양을 하고 있었다

그 손도 소맷자락 안에 숨겨져 있었다

자신들이 숨겨둔 광기를 유감없이 발휘하면서 더 세차게 구
멍을 내며 안으로, 안으로 파고들어갔다
사실 눈 속을 파고들어갈 수는 없는 일이지만 그들은 빛처럼
각막과 동공을 통과하고
유리체 뒤, 외전신경(外轉神經)까지 넘어갔다

신비하고 무서운 임금들이었다

376

무아는 장자가 기록하지 않은 투명 문장을 찾아 읽어 나갔지
만, 이렇게 잔혹한 임금은 오직 이 지구에만 있는 존재,

이 우주 속 그 어디에도 있을 것 같지 않았다

그렇다면,

무아 이 혼돈사는……! 임금들이여, 무엇을 보여주려 하는가!

두말할 것도 없이 이 지구에서 이미 펼쳐졌던, 그리고 앞으로
계속 펼쳐질 혼돈이라고 하는

언어와 생명체를 살해하는 비극의 전형이었다

지구에만 있는!

377

무아에게 혼돈사는 그 이상의 어떤 잔인성도 비교할 수 없는
비밀을 숨기고 있었다

그 혼돈은 모든 생명 속에 있는 신비한 어둠이었다, 그 어둠
을 그 임금이란 자들이 죽이려 하고 있었다!

그것을 죽이는 것은 모든 생명 속에 있는 어둠을 지워버리는

것과 같은 일이었다

　그것은 빛을 꺼버린 것보다 잔혹했다

　그다음의 과정은 더 상상할 수도 써나갈 수도 없는 일이었다,
그래도 써야 했다

378
마침내 두 임금은 하나의 눈을 최초로 뚫는 데 성공했다

이마 아래에 붙어 있는 안아골을 마치로 힘껏 내리치자
눈꺼풀을 덮고 있던 금강석이
"쩍", 소리를 내며 저 아래 바닥으로 굴러떨어졌다, 감고 있던
상안검이 들리면서

　동공이 열렸다

379
순간, 혼돈은 한쪽 눈을 뜨고 껌벅거렸다

　혼돈이 눈을 떴다, 혼돈의 검은 외눈은 바로 자기 눈앞의 두
임금을 내다보고 있었다

　그것은 아무것도 기억하지 못하고 인식하지 못하는 눈이었

다, 바깥은 처음 보는 무성 영화의 풍경이었다

380
초점이 맞지 않는 그의 눈은 말하고 있는 것 같았다, 작은 물집 모양의 내안각 옆에 있던
눈물언덕에 물기가 반득였다

태고의 귀잠을 자고 있던 혼돈은 깜짝 놀라 깨어났다
혼돈의 검은 눈 당신들은 누구입니까(?!)

그것은 음성이 아니었다, 놀람이었다, 땀투성이가 된 두 임금은 약속한 듯이 그 눈빛의 말을 무시해버렸다

381
아, 정말로 아무것도 없는 혼돈의 눈이 밖을 볼 수 있게 되는 것인가? 그 혼돈의 내부 밖에 만물과 세상이 있는 것을 보게 되는 것인가?

혼돈은 의문을 반복하며 눈을 껌벅이는 것 같았다, 계속 눈꺼풀을 들어 올리려 눈에 힘을 주었다, 설핏 자신이 보이는 것 같았다,
그 눈은 만들어진 눈이 아니라 본래 가지고 있던 어떤 특정한 작은 직물의 감광 조직이었다

혼돈은 무언가 그들에게 계속해서 말하고 있었지만, 그 간절함은 아무 소용이 없었다

그에겐 아직 입이 없었기 때문이었다

고단한 하루해가 먼 산에 티끌처럼 떨어지고 있었다

그 왼쪽 눈은 저 하늘에서 가득 빛을 뿌리는 태양이었다

5. 이튿날, 오른쪽 눈구멍을 뚫다

382

그 이튿날,

두 임금은 첫째 날에 뚫은 눈구멍의 건너편에 두 번째 눈구멍을 파기 시작했다

두 임금은 해가 뜨기도 전에 벌떡 일어나 혼돈의 얼굴로 기어올라가 나머지 한쪽 눈구멍을 급하게 만들었다

잘못하면 이 작업 자체가 정지되거나 지연될 수도 있다는 불안이 두 임금을 서두르게 했다
혹시 비가 올 수도 있었다, 아니 불가항력의 다른 일이 일어날지도 몰랐다

383

그들 곁에 어제 열어놓은 혼돈의 눈동자 하나가 계속 돌아가고 있었다, 그들은 그 눈의 상안검에
바위를 올려놓을 걸 잘못했다고 생각했다

떠 있는 눈이 내다보고 이리저리 돌아가고 있었다

숙과 홀 임금은 무서움을 느꼈다, 왜냐하면 눈은 무언가를
쫓고 기억하는 빛이기 때문이었다
막상 눈구멍을 뚫어놓고 보니 숙과 홀 임금은 그것이 거슬리
고 싫었다, 자신들의 현재 모습과 행동이
그대로 혼돈의 눈구멍 속에 남는 것 같았다

384
은 마치와 금 마치로 두 임금은 섬세하게
눈두덩이와 안검이 드러나도록 쪼고 깨고 문지르면서 눈구
멍을 그려냈다, 마치 고고학자가 파묻힌 유물을 살리면서 흙과
돌을 파내는 것 같았다

눈구멍 안쪽에 뇌하수체를 떠받치고 있는 나비뼈가 보이는
것 같았다

그때, 망막에 도착해서 이미 지나가버린 빛은 걸어지면서 어
딘가로 사라져버렸다, 그곳은
죽음보다 신비한, 아무도 찾아갈 수 없는 신경망 속이었다

385
어제처럼 그들은 각막을 덮은 흙과 돌을 벗겨내고 동공을 찾

아냈다

홍채가 짓물러 있었다

화력을 이용하여 남해의 숙 임금이 따뜻한 불로 눈을 문지르
자 하안검에 내려앉아 있던 상안검이 열리면서
혼돈의 눈이 열렸다

두 임금은 그 순간 혼돈과 인사를 해야 했지만 그러지 못했다
혼돈의 눈이 너무나 깊어서 무서웠다, 모든 빛이 어둠이 된
심연이었다

목이 탔다
둘은 얼른 외면하고 눈끝과 눈썹 끝 사이에 있는 눈물샘을
떠먹고 눈에서 벗어났다

386
두 임금은 혼돈에서 떨어져나와 한숨을 쉬며 성취감을 만끽
했다, 오른쪽 눈구멍을 뚫고 나서 그들은 얼른
혼돈의 얼굴에서 내려와 혼돈을 쳐다보았다

혼돈이 멀리 수평선과 남쪽으로 내리뻗어간 자신의 산맥을
바라보고 있었다

꼼짝도 하지 못하는 혼돈은 두 눈을 멀뚱거리고 있었다, 처음 세상 밖을 내다보는 그것은
어떤 이방인의 거동 같았다

387
두 임금은 일단 일곱 개 구멍 중에 두 개를 완성한 것에 대해 안도했다
두 눈구멍을 파놓았으니 무슨 일이 있어도 일을 중단할 순 없었다

혼돈의 눈은 소리가 들리지 않는, 끝없이 만물이 펼쳐진 자연과 텅 빈 우주 밖을 내다보고 있었다
그러나 매우 불편한 수많은 것들이 시선에 걸리고 시야를 가로막았다

북해의 홀 임금은 자신이 실수한 것 같았다

북해의 홀 임금 아무래도 낮에 동공을 잘못 때린 것 같단 말이야! 수정체가 깨진 것 같던데······

그 오른쪽 눈은 저 하늘에서 가득 빛을 뿌리는 달이었다

6. 사흘날, 왼쪽 귓구멍을 뚫다

388

사흘이 되는 날이 밝아왔다

두 임금은 눈꼬리 옆에 귀가 있어야 할 자리를 어림잡아 뺨의
뒤쪽에 아슬아슬하게 달라붙어서
꼬불꼬불한 드릴을 들이대고 왼쪽 귓구멍을 파기 시작했다

그 소리는 정교했다

"쿵쿵, 쿵쿵" "탁탁, 탁탁"…… 혼돈의 금강석을 깨고 들어가
는 소리였다
그것은 지혜를 일깨우는 소리 같았다

389

멀리서 보이는 그들은 작은 갑충(甲蟲) 같았다, 그들의 팔은
아주 길었다, 팔은 둘만 있는 것이 아닌 것 같았다
가끔 어딘가에 숨겨둔 다른 팔이 나와서 망치질하고 몸 안으
로 재빨리 숨어 들어갔다
평소엔 보이지 않는 팔이었다

그들의 심장은 등 쪽에 있고 신경삭(神經索, 중추신경계)은 배 쪽에 거미줄처럼 나 있는 것 같았다

두 임금의 신체를 정확하게 묘사할 수가 없었다, 매우 느리기도 하고 어떤 때는 눈 깜짝할 사이에 사라지기도 했다
비밀이 많은 자들이었다

390
정오쯤에 두 임금은 보이지 않았다, 숙과 홀 임금은 왼쪽 귓바퀴를 다 만들고 이문(耳門) 안으로 들어갔다
강렬한 태양이 분광하면서 중천을 지나가고 있었다, 대공(大孔) 한쪽에 쌓아놓은 돌무더기에 그늘이 지나갔다

정을 치는 소리만 혼돈의 귓속에서 적막하게 울렸다

두 임금은 유황 냄새가 나는 귀지를 한쪽으로 밀어 쌓아두었다,
귀지는 귀를 보호하고 항균하고 청소하는 물질이기 때문에 밖으로 버리지 않았다, 그것은
냄새도 나고 매우 지저분해 보였다

그들은 협심해서 고막을 망치뼈와 모루뼈 앞에 장막처럼 걸쳐놓고 안으로 들어갔다

391

귓속에는 두 바퀴 반을 감고 있는 삼 미터(인간의 것보다 백
배 큰) 크기의 귀여운 달팽이 같은 관이 있는데

숙과 홀 임금은 그것이 중요한 것임을 알고 건들지 않았다

그 앞에 안뜰과 정원창(正圓窓)이 있었다

숙과 홀 임금은 앞으로 저 밖의 수많은 말과 소리가 드나들
그 공터에서 잠시 쉬었다

숙과 홀 임금은 이런 말을 주고받았다

남해의 숙 임금 어떻게 혼돈 안에 저런 것들이 들어 있었겠습
니까?

북해의 홀 임금 우리로선 알 수가 없는 신비하고 캄캄한 혼돈
인 것 같습니다!

392

두 임금은 오래 쉬지 않고 다시 일어나 뇌 속에서 나와 있는
미끌거리는 반투명의 신경을 피해 안으로 파 들어갔다

그곳에서 청신경(Auditory nerve)이 움직이고 있었다

그때, 다시 혼돈의 머릿속에서 전동기를 발동하는 것 같은 굉음이 울리기 시작했다

두 임금의 심장을 울리는 그 진동음은 혼돈의 온몸 속으로 퍼져 들어갔다

393
혼돈이 반응하는 것인지, 안에서 무언가가 꿈틀거리는 것 같았다. 그것은
혼돈과는 무관한 그 무엇들이었다

사실 숙 임금이 혼돈에게 마두카 열매와 꽃잎, 줄기, 뿌리에서 축출한 마취제를 대공을 통해 투입했기 때문에
혼돈은 의식이 또렷하지 않았다
그러나 무아는 그 혼돈이 아닌 이상 그 소음의 의식이 어떤 것인지 알 수가 없었다

그날도 두 임금의 하루 노동이 저물고 있었다

7. 나흘날, 오른쪽 귓구멍을 뚫다

394

나흘이 되는 날이었다

이른 아침에 두 임금은 혼돈의 어깨를 밟고 왼손을 뻗어 하악골을 잡고 인중 위로 올라섰다

광대뼈를 밟고 눈두덩이를 지나, 아슬아슬한 눈꼬리로 가서 어제 만든 귀를 밟고 올라서서
혼돈의 머리 위로 올라갔다, 전두골과 두정골은 둥그런 평지였다

395

그곳은 높고 넓은 곳이었다

온 들판과 바다가 한눈에 모두 내려다보였다, 두 임금의 시야를 가로막는 것은 없었다

맑은 날인데도 남해와 북해가 흰 파랑을 일으키고 있었다, 그들의 바다였다, 사나운 바닷물은 한순간의 의심도 없이

급류처럼 어디론가로 흘러가고 있었다

서쪽에서 시원한 늦 바람이 불어왔다

문득 쓸데없이 수평선을 손안에 넣고 싶은 욕망이 일었다, 그들은 그것은 불가능하다는 것을 알고 포기했다

396
두 임금은 해가 아주 빨리 하늘을 지나가는 것을 느꼈다

곧장 오른쪽으로 내려온 두 임금은 구슬땀을 뻘뻘 흘리며 남은 한쪽 귓구멍을 뚫기 시작했다

그들은 잠시도 쉬지 않았다, 무엇을 먹는 것 같지도 않았다, 해가 정오를 지나고 오후로 멀어져갔다

397
혼돈은 동쪽에 머리를 두고 하늘을 바라보고 비스듬히 누워 있었다, 고개만 돌리면 북해도 볼 수 있고 남해도 볼 수 있었다

한쪽 바다만 보는 것이 혼돈은 싫었다
혼돈은 해가 지는 서쪽을 좋아했다

사실 그 두 바다는 숙과 홀 임금의 것이 아니라 혼돈의 바람과 햇살이 자유롭게 노리는 영해였는지 모른다

398
동쪽은 천둥 번개가 치고 벼락이 떨어지는 신성한 암시를 주는 곳이었다
늘 속으로만 깨우치게 하는 천둥과 벼락이었다

그 오른쪽 귀가 있는 곳은 복희팔괘상으로 북이고 곤(坤, 땅)이며 문왕팔괘상으로는 북이지만 감(坎, 물)이었다
왼쪽 귀가 있는 곳은 복희팔괘상으로 남이고 건(乾, 하늘)이고 문왕팔괘상으로는 남이지만 리(離, 불)였다

그러나 그때 혼돈이 머리를 둔 동쪽은 현재 방위상으로는 해가 지는 서쪽이었다
팔괘가 회전한 것일까? 방위가 바뀐 것일까?? 아니면 혼돈은 그래도 있고 지구가 전도된 것일까?

399
구멍을 다 뚫은 두 임금은 귓구멍에서 나와 하관의 능선을 밟고 얼굴 앞으로 돌아와서
앞으로 코와 입 구멍을 뚫을 자리에서 발을 걸치고 앉았다
우묵한 인중이었다

남해의 숙 임금 하하하, 북해 임금이여, 이제 우리 둘이 그토록 오래 꿈꿔왔던 눈구멍과 귓구멍을 다 뚫었습니다

북해의 홀 임금 그렇습니다, 하하하, 대단하십니다, 남해 임금이여, 이젠 혼돈에게 안 보이는 물건과 그냥 지나가버리는 소리는 없게 되었습니다

아주 절제된 웃음이고 말이었다, 그들은 그 이상의 말은 서로 하지 않았다,

그러면서도 두 임금은 서로 신뢰했다

400

한쪽 귓구멍만 열렸을 땐 미세한 풍음이 스치고 지나갔지만 두 귓구멍이 다 뚫리자 모든 소리가 들려왔다, 도저히 막을 수 없는

소음과 굉음이 두 임금의 귓속에도 물처럼 밀려들어왔다

두 임금은 문득 귓구멍을 막아버리고 싶다는 생각이 들었지만, 왜 소리가 시끄럽고 귀찮은 생각이 드는지는

알지 못했다

지구가 돌아가는 소리도 들리고 저 창공에서 비추는 비수 같은 달의 소리도 들렸다

별의 소리, 산의 소리, 땅의 소리, 강물의 소리, 바람 소리, 벌레들 울음소리, 잠자리 날갯소리, 나뭇잎 소리, 모래들 소리까지 들렸다

이렇게 온 우주 자연에 소리가 가득한 줄은 몰랐다

401
둘은 혼돈을 위해서가 아니라 자신들을 위해서 합창했다

남해의 숙 임금 내일은 이곳입니다! 닷새째 되는 내일은 이곳에 첫 번째 콧구멍을 뚫어드립시다, 혼돈 임금께서도 숨을 쉬셔야 하지 않겠습니까?
북해의 홀 임금 그렇습니다! 오늘 귓구멍을 다 뚫었으니 내일은 임금님 말씀대로 이곳에 콧구멍을 팝시다, 혼돈 임금께서 편안하고 행복해하실 것입니다

둘은 서로에게 임금이라고 부르며 깍듯하게 말했다

구슬땀을 손가락으로 걷어내자 커다란 땀방울이 산 아래로 날아갔다

402
멀리 억새가 우거진 자갈 천지의 개울가에 희미한 해가 그을

음 사이로 떨어지는 것이 보였다

그 근처에 엎드려 있는 늙은 두 임금의 눈 속에 있는 어떤 생물의 등껍질처럼 불쾌한 빛을 반사했다

혼돈의 마지막 두 번째 귓구멍이 완성되자 밤은 온통 미세한 소리로 가득 차 있었다

403
그러나 웬일인지 그때부터 온 세상이 혼돈의 뿌연 먼지로 가득 차기 시작했다

마치 종말주의보가 발령된 중앙 같았다, 먼지와 안개, 해무(海霧), 폭염이 가득했다, 날개 달린 생명들이 그 속에서
   울고 있었다

어느 먼 미래에 이 같은 티끌의 풍경을 예시하는 것처럼……

404
온 천지에 캄캄한 자시가 지나가고 있었다, 혼돈은 영문도 모른 채 우주의 소리에 시달리며 그날 밤을 뜬눈으로 지새웠다

두 임금은 갑옷을 벗지 않은 채로 검은 어둠의 바위처럼, 각

각의 구덩이에서, 그 구덩이를 파헤친 흙처럼 잠들어 코를 골며 잤다

고단했다

405
고요하기만 하던 외부 세계가 혼돈에게 무방비로 흘러들어 왔다

곳곳에서 대기의 혼령들이 발광하고 꺼져 있는 빛도 잠을 이루지 못했고, 땅속에서는 수많은 신음이 들려왔다
풀대 사이에서도, 모래알 속에서도, 틈과 사이가 없는 공기 속에서도……

희미한 하늘에 별들이 검은 연기를 내뿜으며 불타는 것 같았다
구름 사이로 보인 그들은 멀리 추방되는 나그네였다

떼지어 사는 검은 가재들이 개울이 바다로 흘러가는 굉음을 듣고 겸각(鉗脚)을 높이 쳐들었다

8. 닷샛날, 왼쪽 콧구멍을 뚫다

406

닷새째 되는 날은 가마득히 먼 과거의 오늘 같았다

새벽은 남해와 북해 저 먼 동편에서 밝아왔다
어제의 고단한 해가 진 서쪽은 고요히 입을 다물고 있었지만,
벌써 해지고 찢어진 수많은 아픔들이
잠시 쉬었다가 다시 두 다리로 일어서서 이쪽으로 돌아오는
시간이었다, 두 신발 사이의 풀이 녹색이었다

407

북해와 남해는 물결마다 새로운 것을 이미 가득 채워놓고 철
썩이고 있었다, 언제나 어느 만물보다 일찍 일어나
철썩이는 영원의 바다!

동쪽에서 떠오르는 아침 해는 작지만 찬란했다, 온 누리와
생명의 눈을 비췄다
모든 가옥은 남쪽으로 문을 열어 두고 있었다, 남쪽에서 오
는 손님은 누구든지 받아들이겠다는 열린 모습이었다

두 임금은 어젯밤의 악몽이 따라오는 불쾌감을 아직 다 지우지 못한 채
콧구멍[비공(鼻孔)]을 뚫는 첫 번째 날을 맞았다

408
두 임금은 일찍 일어나 자신들의 바다에서 불어오는 새벽바람으로 힘을 채웠다

둘은 서로 자신들의 남해와 북해를 바라보면서
독수리가 커다란 날개를 펼치듯이 두 팔을 펼쳐 머리 위로 쳐들고 "아아" 하고 기지개를 켰다
인간의 외침도 짐승의 울부짖음도 아닌 괴이한 소리를 내질렀다

먼 서쪽 하늘에 "반짝" 하고 지나가는 새벽 유성이 있었다

409
숙과 홀 임금은 어제와 똑같은 차림으로 혼돈에게 나타났다,
둘은 똑같은 철갑을 걸쳐 입었고
철 장화를 신고 두꺼운 철 장갑을 끼고 있었다, 그것은

한 번도 벗은 적이 없는 살갗이었다
그 살갗에 해가 비쳤다

두 임금의 눈 속에서 남해와 북해의 해가 강렬하게 빛났다, 아무도 침범할 수 없는 바다의 위력이었다

무거운 바다였다

한쪽 해역은 검은가 하면 그 곁의 바닷물은 새파란 빛을 뿜어내고

또 다른 쪽 바닷물은 흰빛이었다, 하나의 바다에 여러 감정이 빛들이 충돌하고 반사했다

410

숙과 홀 임금은 혼돈의 얼굴로 기어올라갔다

콧구멍을 양분하는 서골(鋤骨)을 사이에 두고

숙고 홀 임금은 왼쪽 콧구멍을 파 들어갔다, 구멍은 약간 위쪽으로 뚫려 있는 것 같았다

411

가만히 귀를 기울여보았다, 코는 아주 예민한 곳이었다

눈썹과 눈썹 사이에 이마굴이 있고 그 바로 아래 눈과 눈 사이 안쪽에 벌집굴(안경을 거는 자리)이 있었다

그 바로 밑에 나비굴이 있고 그 밑에 얼굴의 상악동이 있었다

이 네 개의 굴은 부비동(副鼻洞)으로 빈 소라처럼 안이 비어 있는 얇은 뼈였다, 그런데 언제부터 이런 뼈들이 혼돈에게 있었을까?

그곳의 공기로 안면 감각을 형성하고 소리의 울림을 인지할 것 같았다

코가 가운데 있는 얼굴은 아주 얇은 살갗과 약한 뼈로 덮여 있는 섬세한 곳이었다, 얼굴은 모든 생명의 창(窓) 같은 곳이었다

412

이렇게 혼돈의 칠규는 그 두개골 앞과 측면에 나 있었는데 메워져 있었다, 정으로 탁탁 치면 돌과 흙이

부스러지면서 떨어졌고 그 안에 그 구멍이 드러났다

마치 음각되어 있는 것을 누가 돌과 진흙 등으로 덮어 씌워놓은 것 같았다, 본래 혼돈에게 칠규가 없었던 것이 아니었다

그럼 언젠가 혼돈이 스스로 그 칠규를 막아버린 것일까? 알 수 없는 일이었다

작은 공룡 같은 두 임금은 이 우주에 어떤 사명을 타고난 것인지, 혼돈의 그 구멍을

잔인하게 뚫고 들어갔다

두 임금은 자기 콧구멍을 만져보며 웃었다

413

얼마를 안으로 파 들어가다가 구멍의 고개 너머로 들어가는 곳에 다다랐다, 그곳은 막장이었다

둘은 안으로 이어지는 그 너머의 낭떠러지까지 들어갔다, 캄캄했다, 비밀스러운 곳은 늘 캄캄한 법이었다

공기가 들어오고 나가는 바깥 콧구멍은 둘이지만 이곳은 구멍이 하나로 만나는 끝인 것 같았다

바로 목젖 위쪽의 벼랑이었다, 그리고 그곳에 눈으로 통하는 비루관이 보였다

414

착시였을까, 둘의 머리 위에서 혼돈의 주름진 비갑개(鼻甲介)가 다른 생물처럼 움직이는 듯했다

살아 있는 것 같은 생물체의 혼돈이 그러는 것이 두 임금은 불쾌했다

두 임금은 자신들도 모르게 불만을 토로했다

남해의 숙 임금 속이 비어 있고 기다랗게 꼬불꼬불한 대롱 형태의 관구(管球)들이 이어져 있습니다, 꼬여져서 어딘가로 파고

들어가 있는 다발 모양의 신경망과 액체가 흐르는 핏줄, 실 같은 것들이 가득 차 있습니다

북해의 홀 임금 혼돈은 사람보다 더 미세한 것들을 더 많이 가지고 있습니다, 혼돈이라서 그런 것일까요? 사람은 백 조개의 세포를 가지고 있다는데 이 혼돈 임금은 수백 조의 세포를 가지고 있는 것 아닐까요?

415

그 닷새 되는 날도 저물어갔다,

저물면 노동과 생명은 일손을 일단 놓고 돌아가야 했다, 두 임금도 마찬가지였다

혼돈을 그대로 두고 두 임금은 한 번도 서로에게 공개한 적이 없는 자기들 숙소로 돌아갔다

하늘도 산도 늪도 모든 생명체도 날이 저물자 모든 일과 손을 멈추고 밤의 자기에게 돌아가 쉬고 있었다

혼돈의 땅의 밤은 보이지 않는 거대한 거울이었다

9. 엿샛날, 오른쪽 콧구멍을 뚫다

416

두 번째 콧구멍을 뚫는 날 아침이 밝아왔다

벌써 두 임금은 혼돈의 얼굴 위에 올라가 있었다, 저 부지런
떠는 두 임금은 누구의 아들이며 누구의 아비들일까?
아비와 아들딸들이 있을까?

그들은 오른쪽 콧구멍을 뚫기 시작했다, 어제 팠던 그 아래쪽
으로 난 수직 갱도와 만나는 곳에
다다랐다,

그들의 수술 노동의 숙련도는 점점 빨라지고 있었다, 태양도
하늘을 빨리 건너가는 것 같았다

정오가 조금 지나서 콧구멍은 안쪽에서 어제 뚫은 구멍과 만
났다, 처음엔 길이 둘이었지만 안에 들어가자
길은 하나였다

417

마지막에 허술하게 처져 있는 막을 걷어내고 작은 벽을 해머로 내리쳤다, "쿵!" 하는 소리와 함께

밑이 안 보이는

까마득한 구멍 아래로 갑자기 바람이 세차게 흡입되어 들어가는 것 같았다

혼돈이 바깥 공기를 빨아들이는 것이었을까(?!)

그런 것 같지 않았다, 숙과 홀 임금은 그들답지 않게 약간 겁을 먹었다, 그것은 불안이라는 등불이 펄럭이는 위험한 빛이었다

그 순간, 무언가 잘못된 것 같았지만, 두 임금은 감지하지 못했다

418

그 안은 비어 있는 것이 분명했다, 텅 비어 있는 것은 생명체에겐 공포였다, 그 아래쪽은

알 수가 없는 감(坎) 같은 암흑의 수많은 미로로 열려 있는 것이 분명했다, 그곳은

무극의 세계로 퍼져가는 미세한 길이 있었다

숙 임금이 잽싸게 팔을 잡아주지 않았다면 홀 임금은 까마득한 폐장이나 위장의 구덩이 속으로 떨어지고 말았을 것이다

홀 임금은 주먹만 한 땀을 뚝뚝 떨구고 있었다, 겁을 잔뜩 집어먹은 그는 빗물에 던져진 진흙덩이 같았다

홀 임금이 숙 임금의 땀방울을 주먹으로 툭 쳐서 떨어뜨렸다, 숙이 홀을 보고 웃었다

419
숙과 홀 임금은 사다리를 가지고 와 펼쳐서 그 안으로 내려가보고 싶었다
검은 그 밑에 있는 구멍이 무서워서 더는 안으로 들어갈 수 없었다, 그곳은 자신들이 관여할 영역이 아니었다

그뿐 아니라 머리 위에 파묻혀 있는 두개골 속은 그들로선 상상도 할 수 없는 곳이었다

혼돈의 내부의 그 모든 안쪽과 속이 공포의 대상이었다

두 임금은 환한 밖으로 나가고 싶었다

420
그 콧구멍은 이제
외부 세계의 공기가 들어가고 안에 있는 더운 공기가 빠져나오는 통로가 되었다, 신비하고 무서운 숨구멍이었다

어떻게 살 속에 이런 구멍이 깊숙이 나 있는지 그들로선 알
수 없었다

어리석은 자에게 알 수 없는 곳은 공포가 되지만 어진 사람
에겐 안락처(安樂處)가 될 것이다
혼돈이 한 번 들썩거렸다 멈췄다

421
생명의 숭엄한 구조였다!

처음에는 물이 흘러들어가는 것처럼 천천히 공기가 안으로
들어가는 것 같았는데

비어 있는 안쪽에서 나오는 바람은 너무나 미약해서 두 임금
에겐 잘 느껴지지 않았다

10. 이렛날, 혼돈의 마지막 입구멍을 뚫다

422

마지막 날이 왔다

어제처럼 그들은 아침 일찍 혼돈에게 기어올라갔다, 숙과 홀 임금의 신발은 혼돈의 살갗에서 잘 떨어지지 않았다

밑창이 없는 가죽신발의 발바닥에 흡반이 붙어 있는 것 같았다

그래서 그들은 허리를 젖혀도 혼돈에서 몸이 떨어지거나 자빠지지 않았다

사실 두 임금은 둔하고 느리고 어리석은 것처럼 보였지만 예리하고 날카로운 눈을 숨기고 있었다

423

혼돈에게 만들어줄 그 입은 이제 모든 것을 집어삼켜야 하고 또 자기 마음속에 있는 것을 말해야 하는 구멍이었다

입은 눈과 귀의 구멍을 만드는 것보다 단순했다,

옆으로 길게 구멍을 내고 그 안에 혀와 이빨, 목구멍들이 나오게 하면 되었다

돌과 흙을 파내면서 그 구멍에 예쁘장한 입술을 조각했다,

아랫입술은 조금 쳐지게 도톰하게 살을 붙이고

윗입술을 조금 짧게 해주었다

424

숙과 홀 임금은 그 안의 암석에 갇혀 있는 이빨을 음각하듯
파냈다, 그들은 입술을 밟고

반짝이는 이빨 안쪽으로 넘어갔다.

이빨에는 혈관이 없기 때문에 조심해서 다듬어야 했다, 한
번 부러지면 자라지 않는 것이 이빨이었다

수많은 무언가를 뜯어먹어야 하는 문치와 그 곁의 송곳니 그
안쪽의 넓적한 대구치는 맷돌만 했다

뒤돌아보니 입구멍 바깥은 다른 세상이었다, 만들어놓고 보
니 입구멍이란 것이 그리 아름다워 보이지는 않았다

한도 없이 무언가를 집어삼켜야 하는 구멍이었다, 그러면서
무언가를 한도 없이

말해야 하는 구멍이 좋아 보일 리 없었다

425

중앙의 혼돈에게는 언어가 없었다

이제 그가 어떻게 말을 할 것인가는 그가 알아서 할 일이었
다, 숙과 홀 임금이 그에게 말까지 집어 넣어줄 순 없었다

이빨이 드러나자 혼돈은 공포를 느꼈다, 지금까지 없었던 어떤 형언할 수 없는 본능이 저 깊은 곳에서

으르렁거리며 올라오는 수직의 용암과 지하수 같은 것이 느껴졌다, 그것은

생명체가 지닌 세포질의 분노였을 것이다

오심이 일었다, 만약에 혼돈이 재채기하거나 구토한다면 두 임금은 구강 밖으로 내던져져 죽을 것이다

426

세상을 향해 뜬 눈과 우주로 열린 귀, 그리고 입구멍이 만들어졌지만, 왠지 텅 비어 있는 것 같았다

그 구멍 안으로 모든 것이 들어왔지만…… 앞으로 무한의 허기로 살아가야 할지 몰랐다

왜 그런 것일까? 무엇이 생겼다는 것은 그 본래 없었음을 상쇄(相殺)시킬 수 없는 어떤 대체물을 잃는 것이 되는 것일까?

그 공허감은 영원히 채워질 수 없는 것일까?

떴지만 보는 눈구멍이 아니고 뚫렸지만 듣는 귓구멍이 아니고 열렸지만 숨쉬고 말하는 콧구멍과 입구멍이 아니었다

숙과 홀 임금은 입구멍 안의 두꺼운 혀를 밟고 들어가 목구

멍 안쪽을 들여다보고 그 속이 암흑임을 알고 두려움에 떨며 황급히 뒤돌아 나와버렸다

그 속은 알 수 없는 내장이었다

427

그날 밤, 한 임금은 다른 임금을 저쪽에 두고 누워 자신을 걱정하며 중얼거렸다

북해의 홀 임금 낮에 혼돈의 혀가 움직이지 않는 것 같던데…… 혹시 혼돈이 언어장애자가 아닐까?

그 말을 듣는 무아는 슬펐다

무아 사방으로 열려 있는 우주는 텅 비어 있다, 무한이 높은 저 광막한 우주 속에 누가 무엇을 올려 채울 수 있단 말인가!

두 임금이 이레 동안 만든 혼돈의 일곱 구멍은 생명의 구멍이 아니고 칼로 난자하고 창으로 찌른 죽임의 깊고 흉측한 상처였다

혼돈의 정신이 살아 있던 날의 마지막 밤이 가고 있었다

어디서 벌레 한 마리도 울지 않았다

칠규(七竅)의 완성

이렛날이 되어서, 혼돈이 죽었다.

七日而渾沌死

1. 지구에서 가장 슬픈 날

428

마침내 번쩍거리는 소리를 내는 남해와 북해의 두 임금은

일곱 개의 구멍[칠규(七竅)]을 모두 파내고야 말았다

두 임금은 환호성을 질렀다. 그러나 그 환호성은 혼돈의 땅에서 공허하게 울리다 사라졌다

검푸른 하늘이, 눈이 멀고 귀가 먹고 입이 막힌 형국이었다
적막했다

429

둘은 아무도 없는 혼돈의 땅에서 쓸데없는 자화자찬을 늘어놓았다
그들은 상대방의 얼굴을 쳐다보지 않고 땅을 내려다보고 말했다. 그것은 위장된 말이었다. 그들의 육체는
무언가를 가린 장막 같았다

산 어둠 같은 피곤함이 덮치면서 온갖 삭신이 아파왔다

430

두 임금은 내부에서 몰려오는 불안과 공포를 회피하려고 이제 혼돈에 대한 은혜를 완전히 갚았다고

미친 듯이 소리쳤다

남해의 숙 임금 북해의 홀 임금이여, 우리는 자유입니다! 해방입니다!

북해의 홀 임금 남해의 숙 임금이여, 우리는 독립했습니다! 완성입니다!

그런데 자유와 해방, 독립, 완성이란 무슨 말일까? 무아는 그런 말을 들어본 적이 없는 것 같았다

우주 자연의 음양을 거역한 자들의 외침이었다

431

혼돈의 입이 뚫렸으니 음식을 먹어야 하고, 말을 해야 하고, 눈구멍이 뚫렸으니 만물을 보아야 하고, 귓구멍이 뚫렸으니 소리를 들어야 하고,

그리고 코가 뚫렸으니 숨 쉬어야 했다

그 순간, 두 임금은 자신들의 외침 소리가

두 동강 나는 괴이한 소리를 들었고, 그리고 순식간에 사라지는 그 무엇을 느꼈다

소름 끼쳤다

432
그런데 콧구멍 속이 무언가 이상했다

콧구멍을 깊은 곳 마지막까지 다 팠을 때, 혼돈의 숨소리가 들리지 않았다, 콧구멍 밖으로 뛰쳐나오면서
두 임금은 불길한 예감에 휩싸였던 기억을 되살렸다

어디선가 회전 톱날을 가진 굴착기가 구멍을 뚫으며 자신의 육체를 향해 파고들어가는 것 같은 굉음이 지나갔다

그때였다, 괴이한 한 형해(形骸)가 널브러져 있는데, 가만히 보니 움직이지 않고 있었다

거대한 혼돈이 죽어 있었다!!

혼돈이 땅거미처럼 파석처럼 널브러져 있었다

433

눈과 입, 귀, 코의 구멍을 뚫었지만, 그것은 거짓말과 거짓 행위와 거짓 목표와 거짓 진실이었다

두 임금은 혼란과 공포에 빠졌다

그들은 태양의 수백만 배가 넘는 빛의 밝음 속으로 굴러떨어졌다, 그곳은 불과 빛의 지옥이었다

그러나 그때까지 그들은 혼돈의 시신 곁에 있었다

434

두 임금은 세상 모든 생명체가 속아 넘어갈 무언가를 변명하고 은폐하려는

화려한 퍼포먼스를 꿈꾸고 있었다

그러나 도무지 헤아릴 수 없는 혼돈 파괴에 대한 공포에서 헤어나지 못했다

하나뿐인 천지의 혼돈을 죽였지만, 모든 생명은 그 사실을 알지 못했다

그들은 하늘을 훔친 대도(大盜)들이었다, 두 임금에게 남은 것은

은혜를 준 생명을 건드려 구멍을 내고 처참하게 살해한 행위에 대한

두려움밖에 없었다

435

숙과 홀 임금은 어떤 망념 속에서 꿈을 꾸는 것 같았다, 혼돈
을 저렇게 만들어버린 자신들의 마음에

태양의 햇살이 이렇게 말하는 것 같았다

태양의 햇살 너희 둘이 더 밝고 분명하고 정확한, 강한 구멍의
지혜와 의식, 확신을 가지려 한 것이 아닌가(?!) 이제 우주의 빛
과 만물의 형상, 소리, 공기, 음식들이 혼돈에게 들어가면 안에
있던 지하수가 마르고 습기가 사라져

그 아래 거대한 암반에 덮여 있는 불의 물(마그마)은 폭발할
것이다, 그는 참지 못하고 지각을 깨뜨리고 땅을 무너뜨릴 것이
며 구름의 불처럼 일어나고 불의 폭포처럼 쏟아져나올 것이다

검게 변해가는 하늘에서 비추는 빛의 말이 두 임금의 영혼
바닥에 쏟아져 떨어졌다

어떻게 알아들었는지, 어떤 살생자에게는 그 태양이 하는 빛
의 말이 그들의 언어로

강제 번역되는 모양이었다

436

그때 지평선에 걸쳐 있는 산줄기에서 검은 연기가 치솟고 화

산이 터지고 있었다, 지척의 땅이

흔들리고 찢어지고 갈라졌다

공포 의식이 없는 대자연의 진동과 폭발과 용암 분출은, 오히려 부드러운 진동의 감흥 같았고

지구의 노래와 유희 같았다

공포가 있는 임금에게만 그것은 재앙일 뿐이었다

437

그런데 그 경황 속에서 아무도 던지지 않은 의문 하나가 그곳에 남아 있었다

쓰러져 죽은 혼돈은 과연 두 임금이 죽인 것일까,

아니면 그들이 구멍을 다 뚫기 전에 혼돈 스스로가 자신을 그들에게 허락하지 않은 것일까?

이 역시 알 수 없는 일이다

어쩌면 일곱 구멍이 다 뚫리는 순간, 혼돈은 찬란했던 지난날을 마음에 담고 스스로 자신을 지웠을지 모른다

무아는 혼돈에 대해 아는 것이 없다

무슨 일이 있더라도 살아남아야 한다는 말도 그 상황 속에서

불가피했을지언정 진리의 말은 아닐 것이다

438

보고 듣고 말하고 먹고 숨 쉬는 칠규에다 배설하는 항문과
요도의 이규(二竅)를 더하여 노래한 한산(寒山)의

구규(九竅) 통탄의 노래(詩三百三首其七一)는,

바로 이 혼돈의 죽음을 보고 부른 부러움의 노래였다(그러나
사실 장자는 「제물론(齊物論)」 편에서 백해구규육장(百骸九竅
六藏)을 거론했다)

한산시 구멍이 없을 땐 혼돈의 몸은 유쾌했어라

먹지도 마시지도 않았으니 오줌도 누지 않았으리

(快哉混沌身 不飯復不尿)

존재하는 한은 살아야 했지만 한산(寒山)의 길은 결국 무규
〔無竅, 무비공(無鼻孔)〕였을 것이다

그는 구멍이 없는 혼돈의 몸은 유쾌했다〔쾌재혼돈신(快哉混
沌身)〕고 했다

슬프고 불가피하고 극단적인 것 같아도 부정할 수 없는 말이다

439

두 임금의 의식은 다시 혼돈의 굴속에서 밖으로 빠져나가고
있었다, 자신들이 파고들어온 굴이지만

정말 어마어마하고 멀고 꼬불꼬불한 굴이었다

폐허의 고산준령이었다

자신들이 암석을 깨고 들어온 길이라고 여겨지지 않았다, 끔찍했다, 깨어진 생명의 돌들이 사방에 나뒹굴고 있었다

굴 저쪽 밖에서 청람색 바닷물이 들이치며 비명을 질렀다, 눈이 부셨다
두 임금은 그 강렬한 빛이 싫어 손바닥으로 얼굴을 가렸다

440
혼돈의 콧구멍 속에서 밖으로 황망히 빠져나온 숙과 홀 임금은 콧구멍 끝에서 치맛자락을 접고
겨우 비계에 걸터앉았다

잘못하면 자신들이 아무 기척 없는 검은 콧구멍 속으로 빨려들어갈지도 모른다는 생각이 들었다, 그때, 그들이 차고 있는
검은 칼이 허리띠에서

"찰카당찰카당" 울렸다
두 임금은 황야에 던져진 채 착란과 경련 증상을 보이고 있었다

꿈인가?! 잘못된 기억일까?! 현실의 오류일까?!

441
두 눈을 뜨고 귀를 열고 돌아보았다

두 임금의 눈과 귀, 입, 코 밖의 저 먼 곳에서 우주와 자연, 만물이 부서지고 깨어지고 무너지는 소리가 계속 들려왔다

처참한 멸망의 반복적인 굉음이었다, 두 임금은 현장을 벗어났음에도 그 착규의 굉음 속에 갇혀 있었다

물과 불, 벼락, 늪, 바람, 산, 하늘, 땅이 흔들리고 유황이 불타는 냄새가 났다

혼돈의 착규(鑿竅)는 다름 아닌 두 임금의 우주 범죄였다
즉 자신들의 구멍을 뚫고 대신 혼돈을 살해한 것이었다, 그들은 엄청난 에너지를 받은 것 같았지만 힘을 쓸 수가 없었다

비계에서 엎드려 겨우 바닥으로 내려온 두 임금은 다리를 절고 있었다

442
태양이 비추는 햇살의 빛과 멀리서 불어오는 바람의 말은 그

들의 마음에서 들려오는 또 다른 의문의 암시였다

두 임금은 아무도 모르게 일곱 구멍을 뚫은 혼돈사의 주범이
었다, 그 인식이 그들의 얼굴에 나타났을 때,
하늘은 더 고요해지고 갑자기 숙과 홀 임금은 처참한 몰골로
변해 있었다

모든 것이 사라지고 없었다

그 뒤로 두 임금의 행방을 아는 사람은 없었고, 어떤 기록도
남겨지지 않았다, 그래서 장자의 『칠원서』의 마지막 문자가
'혼돈사(渾沌死)' 석 자뿐이었다

그들의 종적을 알 수가 없었으며 다만 혼돈이 죽었다는 사실
만 남았다

443
그때 수많은 혼돈의 아기 새끼들이 도처에서 함께 죽고 말았다

그 후, 중앙 임금과 혼돈의 땅은 다시 움직이지 않았다

어떤 마음의 눈이 있는 현자들만 가끔 그 혼돈의 기미를 느
끼곤 했지만, 혼돈은 다시 자신의

쾌신(快身)을 보여주지 않았다

개발론자들과 제국주의자들은 혼돈의 죽음을 믿지 않았다,
그들은 혼돈과 그 죽음을 외면하고 저 눈부신 미래 밖으로 탈출
했다, 이제 그들은

혼돈의 땅 중앙엔 남아 있지 않았다

2. 대업을 마친 자들의 종말

444

혼돈은 그들이 콧구멍을 뚫고 나올 때 이미 죽어 있었다, 어떤 외침도 부촉도 신음도 흔적도 없이 이름도 기념비도 없이……

이미 저쪽에서 혼자 죽어간 중앙의 땅에서 떠돌던 숙과 홀 임금의 모습을 잠시, 겨우, 다시 또 상상할 뿐이다

445

무아의 상상 속에서 계속 상대방을 무시하고 각자 혼자 중얼거리듯 기침을 하듯 웃고 있던 숙과 홀 임금은
늙은 천식 환자처럼 허리를 구부리고 콜록거리더니

문득 동작을 멈췄다

446

둘은 서로 너무 가까워지는 것이 싫었다, 먼지투성이가 되어 서로 얼굴을 알아볼 수 없는 몰골로

곱고 미세하고 고르고 조용한 백사장에 앉아서 먼바다를 건너가는 태양을 바라보았다, 그들도

미래를 내다보고 싶은 마음을 가지고 있었지만, 모든 것이 서로 어긋나고 멀어지면서 헤어져야 하는 시간 앞에 와 있었다

그들의 것이라곤 아무것도 없었다, 그들은 이미 저 아름답고 찬란한, 태양이 지나가는 북해와 남해의 임금이 아니었다

그들은 살혼자(殺混者)였다

447

초라하고 쥐만 해진 두 임금의 등 뒤로 늪의 석양을 받는 날카로운 능선들이 은빛으로 빛났다

그 너머는 어느 행성의 거대한 화산재로 뒤덮인, 갱구가 사방에 뚫린 폐광 단지를 찾아오는 어둠 같았다

그들 앞에 펼쳐진 바다는 찬란했으며, 머물지 않고 끝없이 변하며 평화롭기만 했다, 아무 일도 일어나지 않는 수평선이었다

복희팔괘의 서북쪽 아침 산[간(艮)]도 그랬고 문왕팔괘의 동북쪽 저녁 산[간(艮)]도 그랬다

448

그런데 웬일인가, 공포에 떨고 있는 두 임금이 다시 보였다

두 임금은 다른 날처럼 혼돈 곁에 붙어 있지 않고 구릉을 지나 사구가 있는 바다 쪽을 향해

어느새 늙어버린 노구를 이끌고 걸어갔다

혼돈과는 그리 멀지 않은 곳이었다, 해당화와 갯메꽃, 남가새 등 일출과 해풍으로 살아가는 풀꽃들이

끝없이 모래밭에 펼쳐져 피어 있었다

449

갯바람이 어느 풀잎과 새의 깃 사이로 파고들었다

그들의 등 뒤에 있는 혼돈의 배가 불룩거리는 것 같았다, 두 임금은 감히 두려워서 돌아볼 엄두도 내지 못했다

흰자위가 점점 검어지는, 망토 같은 두 임금은 자신들이 살생자라는 것을 알고 있었다

450

착규의 대업을 마치고 물가에 내려앉은 숙 임금의 갑옷이 번

들거렸다. 북해의 홀 임금은 그것이 무섭고 의심스러웠다

습하고 차가운 소금기가 갑옷미늘 사이로 스며들었다

몽돌 위에 걸터앉은 홀 임금의 갑옷이 번쩍였다. 숙 임금도
그 빛이 두렵고 의심스러웠다

451

남해의 숙 임금 혼돈이 정말 숨쉬지 않는 것일까? 이것 정말
큰일났군!

북해의 홀 임금 아, 혼돈이 정말 숨 쉬지 않는 것일까? 이것 정
말 큰일났군!

숨을 쉬지 않는다 해도 불안하고 숨을 쉰다고 해도 불안할
것 같았다. 생명 작용과 생명의 중지에 대한 두려움은
무엇 때문에 생기는 것일까?

그들은 아직도 혼돈에 대한 어떤 막연한 기대와 희망을 가지
고 있었다. 그들은 이 극한 지경 속에서도
다시 혼돈을 시험할지도 모른 존재들이었다. 그러나 살릴 수
있는 시험이란 있을 수 없었다

살아 있는 것은 숨을 쉬기 때문에 무서운 것이고, 죽은 것은

숨을 쉬지 않기 때문에 무서운 것이었다

452
그때, 두 임금의 머릿속에서 똑같은 마지막 의문이 폭발했다

남해의 숙 임금 왜 두려운 것이지(?!) 우리가 왜 두려운 것이지
(?!) 왜 마음속에서 두려움이란 것이 생기는 것이지(?!)

북해의 홀 임금 누가 있다고 두려운 것인가(?!) 사방 천지에 아
무도 없지 않은가(?!) 왜 마음속에서 두려움이란 것이 생기는
것이지(?!)

그들은 혼돈을 절대로 죽이려고 한 것이 아니었음을 천지에
증명하고 싶었다
결국 다른 생명을 죽인 자는 결코 자유로울 수 없었기에 두
임금은 혼돈을 뒤돌아보지 못했다, 아니

돌아보지 않았다

453
둘은 어쩌면 이 지상의 마지막 대화일지 모르는 말을 나누고
있었다
남해의 숙 임금 홀 임금이여, 저 혼돈 안에는 아무것도 없겠

지요?

북해의 홀 임금 실뿌리 같은 실핏줄들이 온몸 곳곳에서 발생하고 있겠지만, 숙 임금이여, 그게 우리와 무슨 상관이 있겠습니까?

남해의 숙 임금 나는 걱정하지 않겠습니다, 혼돈이 죽더라고 어쩔 수 없는 운명입니다!

북해의 홀 임금 그렇겠지요? 혼돈 속에는 아무것도 없습니다! 우리 둘이 같이 믿으면 아무것도 없는 것입니다

454

이제 그를 흔들어 깨울 수 있는 길이 이 세상에 없다고 믿는 이 대담한 두 외과의사는

지구에 대한 상상, 혼돈의 의미, 마음과 기후의 징후와 자연의 예외적 변화에 대한 예지를 가지지 못한 석인이었다

여전히 혼돈은 숨을 쉬고 있지 않았고, 둘은 서로 더 가까워질 수도 더 멀어질 수도 없었다

등 쪽이 불안했다

남쪽 바다는 그들의 불안과 아무 관계 없는 듯 넘실거리며 부풀어 오르고 있었다

멀리 내다보이던 수평선의 수위가 점점 높아져갔다

모든 땅과 돌이 근심 같았고, 하늘도 구름도 근심의 궁륭 같았고, 그 어디에도 순탄한 곳은 보이지 않았다

두 임금은 마치 다른 종의 생물처럼 행동했다, 그러면서 서로 의심하면서도 전혀 상대방을 알려고 하지 않았고
자기 마음을 드러내지 않았다
자신들이 만든 일곱 구멍을 완성했다고 생각했지만, 그 둘은 결코 하나가 될 수 없는 임금이었다

그 두 임금이 피우는 영혼의 연기는 다른 망상의 혼란 속을 떠돌고 있었다

3. 마지막 지혜와 권력의 합창

455

남쪽에서 넘치듯 밀려들어오던 물이 해협을 따라 북쪽으로 밀려들어가는 것을 바라보던 두 임금은 벌떡 일어나 합창했다

혼돈의 땅이 물속에 잠기고 있었다
혼돈의 멸망이었다!

남해의 숙 임금 세상의 모든 소리와 원소와 냄새를 가진 대기가 혼돈의 귓구멍과 콧구멍으로 들어가는 것이 보입니까?
안 보이는 소리가 귓속으로 들어갑니까? 홀 임금이여!
북해의 홀 임금 숙 임금이여, 생령입니다! 만물을 내다보는 저 눈구멍을 보십시오! 저 공기와 소리가 혼돈을 지혜롭게 해줄 것입니다, 우리가 만들었습니다!

두 임금은 가파른 해류처럼 미쳐가고 있었다

456

사실 이때, 무아는 혼돈 살해와 함께 사라진 수장(水葬)의 대륙을 보았다

숙홀(儵忽, 검고 빠르고 어리고 갑작스럽다)의 순간이었다,

흐르는 하천 돌바닥 물살에 숨어 다니는 피라미[조(儵)는 대
붕이 된 곤(鯤)과 같은 뜻으로 쓰이기도 함]의 환영 속에
지구 반이 홀연히 사라졌다

조금 전에 중앙의 양쪽 남해와 북해가 수평선 위로 쳐들리고
한참 뒤, 바닷물이 아래로 떨어지면서 대륙을 덮쳤다, 두 바
다의 해저는 솟아올랐고 대륙은 내려앉으면서 수장되었다

그때, 무아는 아무도 보지 못한 저쪽 시간에서 붕새가 하늘
로 날아오르는 것을 보았다

이것은 더 이상 묘사하고 증명할 수 있는 것이 아니었다, 과
거의 시간과 빛이 아닌, 회귀 불가한 미래의 오늘이었다

457
마지막 남은,
아무도 감지하지 못한 불가사의한 금체(金體)가 물밑으로 떨
어져 잠겼을 때,

그 먼 곳에 있어 보이지 않던 어둠의 티끌들이 수도 없이 수

평선을 넘어 두 임금의 눈 속으로 날아 들어갔다

앙(殃)의 울음소리였다

한편 그것은 슬픔의 진액, 잿가루 같은 것이었다, 결코 용서
할 수 없는, 어떤 세계의 그 누구도 증명할 수 없는

경악의 빛이었다

그것은 땅거미가 될 바다의 거대한 면적을 끌고 오는, 대륙과
산맥 같은 물너울이었다

458
그때였다, 숙과 홀 임금이 혼돈이 죽은 것을 완전히 안 것은!

두 임금은 동시에 뒤돌아보았다, 어떤 직감의 빛이 그 둘의
내부에 번개처럼 치고 지나갔다

그들은 곧장 불타버린 것 같았다

검은 갑옷이 부서지는 소리가 났다, 둘은 그 자리에서 서로
껴안으며 풀밭에 쓰러졌다

459

혼돈이 움직이지 않고 있었다, 혼돈이 죽어 있었다, 그들이 중앙의 땅을 수장시켰다, 땅의 혼령을 죽었다

이것이 혼돈의 땅 중앙에서 일어난 마지막 과거상상이다

죽은 것은 손가락 하나 움직이지 않고 눈 하나 깜빡이지 않는다, 아무것도 듣지 않으며 먹지 않으며
보지 않고 숨쉬지 않았다……

죽은 것은 두려움이 없다, 바라는 것도 없다

460

이것이, 이 광경이 바로 아무도 보지 못할, 두 임금이 마지막 본 그 칠일이혼돈사였다
장자 역시 그 광경을 본 것이 아니었다,
혼돈이 살해된 그 뒤, 중앙의 땅은 해저 속에 잠들고 앎과 이해(利害)의 지혜는, 충돌과 혼란을 멈추지 않았다
혼돈이 죽고 그 어떤 혼돈의 후예도 남지 않았다
그러므로 아무도 다른 길을 제시하고 선택할 수 없었다

분별과 선택이 온 세상을 지배하면서 그들은 혼돈을 망각하기 시작했다

그들은 그들만의 길을 갈 것이다

혼돈사를 망각한 그들은 그 세계를 빛의 세계로 밝히면서 점점 눈은 멀어져가고 어디에 도착했는지

아무도 모를 것이다

461

그곳에 다시 혼돈의 아기가 태어나긴 했지만, 얼마 가지 못해 그 혼돈은 그 아이의 머릿속에서 완전히 지워졌다

혼돈불임(渾沌不姙), 혼돈중절(渾沌中絶)!

그러면서 간혹 슬픔의 기억이 찾아오긴 했지만, 그것조차 곧장 망각되고 그들은 전혀 다른 세상의 존재가 되어

그곳에서 무엇인가를 하며 살다가 모두 사라졌다

한 번 지나간, 한 번 사라진 혼돈은 다시 돌아오지 않았다, 눈 밝은 문명을 향해 혼돈은 부활도 재생도 환생도 하지 않았다

저쪽에 있을 뿐,

대업을 마친 자들이여, 지금 그대들은 어디 있는가?!

4. 남해의 숙 임금과 북해의 홀 임금의 불귀

462

　마지막으로 무아는 다시 한 번 그들을 위해 그 사라진 행적
을 찾아 상상했다, 번개 치는 빗속의 어둠 속 풀밭에
　쓰러졌지만 그들은 다시 일어났다

　북쪽에 검은 평야를 뒤덮었던 물이 골짜기와 구릉을 통해 바
다로 빠져나가고 있었다
　그들은 비늘을 걸친, 다리가 달린 거대한 물고기 같았다
　잠시 거대한 혼돈의 파석 위에 앉았다가 일어난 두 임금의
망령은 다시 산악을 타기 시작했다
　돌서렁 지대를 지나 나룻가로 가야 했다

　그들이 중앙의 땅으로 들어왔던 나룻가는 나타나지 않았다

463

　중앙의 땅은 보이지 않았다, 어디로 가라앉은 것일까, 어디로
떠내려간 것일까?
　꿈속의 꿈 같았다

저 먼 미래에서 이곳에 온 무아는 아무것도 할 수 없었다, 무아도 서쪽 하늘의 구름 속에서 번쩍이던 햇살처럼 사라졌다

두 나그네는 자신들의 바다임에도 그 바닷물빛이 두려웠다

그들이 혼돈이 되어야 했다, 검은 구름 속으로 해가 지고 있었다

464

남해의 숙 임금과 북해의 홀 임금은 점점 갯물빛으로 변해갔다

두 입술이 없어졌다, 코가 막혀버렸다, 귀가 없어졌다, 두 눈도 사라졌다
폭우가 야음 속에 잠겨 멀어져갔다

그들이 사라진 곳은 혼돈이 죽은 그곳과 가까운 곳이었지만, 아무도 찾아갈 수 없는 곳이었다

마음으로도 기억으로도 찾아갈 수 없는 곳이 되었다

465

장자는 혼돈의 죽음을 『칠원서』 끝에 남겼지만
숙 임금이 남해로 돌아갔거나 홀 임금이 북해로 돌아갔다는

기록은 어디에도 없다

이렇게 무아의 생각 속에서도 칠일이혼돈사는 불가해로 남겨
졌다. 저 먼 지평 너머 상세(上世)의 한 사건이
무아의 마음속에서 지워지지 않는 화두가 되었다

혼돈의 유해는 모든 인간의 내부 광중(壙中)에 버려졌다

466
칠일이혼돈사는 완벽했다

이 '소추(訴追), 소급(遡及)의 시' 혹은 '과거상상의 시'는 그
혼돈의 죽음과 장자 사이에 떨어지는

한 가닥의 헤아릴 길 없는 햇살과 같은 허무이다

467
이 우주에서 가장 큰 생명체인 혼돈을 이레에 걸쳐 두 인간
이 처참하게 피살했다!

눈도 귀도 코도 입도 없던 혼돈에게 눈과 귀와 코와 입의 구
멍을 뚫었다!

누가 그 죽음을 기억할까, 누가 그 혼돈을 추모할까?

어떻게 그들이 감추어질 수 있었을까? 그리고 아무도 그것을 말하지 않을 수 있었을까?

468
혼돈의 유골은 어디 있을까?

어느 사막 속에 묻혀 있을까, 어느 해구 속의 암반 속에 갇혀 있을까?

아니 어느 행성의 공전 속에 있을까?

469
무아의 텅 빈 마음 바닥에 남겨져 있는 것은 아닐까(?!)

무아도 그것의 향기를 맡으며 너무나도 양명해지고 영리해진 자신을 감추고 있지 않은가(?!)

혼돈이 살해된 현장은, 어떤 고고학자도 발견하지 못했고 어떤 신도 상상하지 못할 것이다

인간의 몸속에 와 있는 그 광을 어떻게 인식한단 말인가!

470

무아는 태양의 장님이 되었다, 다른 세계로 문을 연 드로소
필라(Drosophila, 장님 눈)여, 내가 없는 곳에서 너는

가고 있는가! 그리하여 다시는 그 반대쪽으로 눈뜨지 못하고
다른 길로 갈 수밖에 없게 되었는가!

다른 길로 가지 못한 그 문명은 그들의 먼 망각의 고향에서
는 외로운 길이었을 것이다

그들은 그로부터 그 태양의 궤도를 따라 수많은 세월의 강을
건너면서도

혼돈이 없는 자신을 결코 깨닫지 못할 것이다, 바로 그들을
무지로 빠뜨린 것이 그 혼돈을 죽인 숙과 홀 임금이었음을

알 때까지

471

그들의 이름에선 지금도 그 두 임금의 이름처럼 소름 끼치는
살육의 냄새가 난다

그들이 무아의 콧구멍으로 돌을 깨고 파고들던 기억이 살아
나는 듯

불이 가득 찬 남해의 숙 임금과 얼음이 가득 찬 북해의 홀 임금!

어느 갈림길에서 두 임금은 인사도 하지 않고 헤어졌고, 어느 돌서렁의 너덜지대 밑에서 짐승처럼 쓰러졌다

어딘가에 버려진 네 개의 대퇴골이 그들의 전부였다

472
두 임금의 마음에 아침 햇살이 들이비췄다

그때였다. 그들의 등 뒤로 이런 말이 들려왔다
마음의 메아리 숙 임금이 자기 몰래 혼돈의 동맥을 끊고, 홀 임금이 자기 몰래 바위로 혼돈의 숨구멍을 막았다!

숙 임금도 홀 임금 몰래 한쪽에서 그랬으며 홀 임금도 숙 임금 몰래 한쪽에서 그랬던 것이다

살해였다

473
그럼에도 혼돈사는 영원한 미결의 사건이 되었다. 책과 말이 사라진 허공에서 그의 영혼은
46억 페이지를 다 채우는 책이 되어도 다 채우지 못할 것이다

하지만 혼돈은 죽었기에

저 신비한 중앙의 오(5)[1, 2, 3, 4 다음에 5를 중앙에 숨기고 6, 7, 8을 거쳐 9의 완전한 양수(陽數), 양효(陽爻)로 문왕팔괘도를 그렸음]처럼 더는 죽지 않는

불멸의 무명(無名)으로 존재할 것이다

474

1, 2, 3, 4, 5, 6, 7, 8, 9 다음은 영이 아니고 양수 1이다 숫자는 아홉뿐이다

이 아홉 수를 네 수로 한 단위를 음양으로 묶으며 음수는 2, 4, 6, 8이 되고 양수는 1, 3, 5, 7, 9가 된다

이때 짝이 되어야 하니 5가 숨어주어야 했다, 그래서 문왕팔괘도에서 5는 없는 수이며

숨은 수가 된다

무아에게는 그 오(5)가 희생이고 죽음이고 혼돈이었다

우주가 운행하는 한 혼돈은 죽어서 살아 있을 것이다

저 천체 속에서 반짝이는 별처럼, 그 너머 너머에서 이 생각을 하는 이 무아의 시처럼

475

그 마음 어디에도 이정표는 없으며 길도 없으며 밤도 낮도 없다, 교활하고 빠른 지혜는

빛으로 위장하여 한 영혼을 빼앗아 갔지만, 빛 속으로 남해와 북해의 임금은 그 영혼들을

모두 불러내려 했지만, 그들을 그 속에서 행복하게 더러 성공하고 이름도 남기고 살게 하려

했지만,

그 후, 지구는 살벌하고 피곤한 살기의 빛으로 뒤덮였고 눈의 지혜는 치명상을 입었으며

그들의 눈은 혼돈의 것이 아니었다

두 임금의 눈빛이었다

476

몸을 이루고 있는 생명의 수많은 구멍과 뼈, 줄기와 점막, 신경, 핏줄, 창자 속에서 살던 그 물질의 혼돈은 살해되고

얼마 남지 않은 영혼만 남아 있는 지구

이미 지금은 지나가버린 과거······ 더 먼 과거 같은 미래의 오늘들

정지하지 못하는 과속의 시대는 그들을 그 속도 속에 방치할 것이다. 이천수백 년이 지나

이것을 기억하는 한 영혼만이 자신의 혼돈이 그때 죽었음을 알았기에 가까워진 미래를

내다보며 긴 노래를 하나 불렀을 뿐,

477

칠일이혼돈사여, 능선마다 지평선마다 수평선마다 사람들마다 거리마다 기이하도록 고요하기만 하다

무엇이 감추어져 있는 것인가?!

478

이제 동서남북 멀고 가깝고 높고 낮은 모든 곳에서

하늘이 무너지고 늪이 메워지고 불이 나며 벼락이 떨어지고 바람이 불고 물이 범람하고 산이 내려앉고

지하수와 유전은 고갈되고 땅은 뜨거워지고 지표는 밑으로 꺼지고

더 지속될 수 없는 마그마의 핵은 광속의 태양처럼 폭발하고

저 먼 일억 오천만 킬로미터 밖의 검은 그림자, 불가사의한 태양의 흑점은 점점 번져가고

지구는 어느 궤도에서 이탈하거나 혼란에 빠질 것이므로

479

신경과 핏줄 속의 구멍에도 가짜 정보들이 우리를 속이고 가짜의 빛 속으로 내쫓기고 영혼 없는 말을
지껄이며, 자아가 없는 지시언어와 기호들이 우리를 유혹하고 명령하며
마귀처럼 허공에 올라붙고 있다

저들의 위대한 승리가 눈앞에 다가왔다, 멸망은 선에게 주는 선물이 아니고
악의 것에게 던져지는 고깃덩이였다

480

마지막 죽은 혼돈의 구멍 속 신경 줄기와 다발, 실핏줄 하나를 찾아 빠져나갈 날을 축복의 날로 스스로에게만
새길 뿐이며, 혼돈을 만날 수 없을 것이다

그대는 진인을 찾았고, 무아는 혼돈을 찾고 있는가!

다행히 우리는 각자 볼 수 없고 만질 수 없는 혼돈의 한 덩이 어둠 속 어디선가 만나 그곳에 영원히 잠들 것이다
아침 늪의 그늘이 지나가면, 잠자리 울음이라도 들릴 것 같은 지척에서……

481

너무나 오래된 유전자 속에 전해온 양수(兩手)의 그 검은 두 직립인이 시야에 들어왔다,

허깨비처럼 사라졌다

이것이 칠일이혼돈사에 바치는, 이 세상 한쪽에 한때 살았던 한 무아가 추모하는 과거상상이었다

결어(結語)

분노하며 날아가는,
그 날개가,
하늘에 빗더선, 구름 같았다.

怒而飛 其翼若垂天之雲

1. 먼 미래와 먼 과거가 가까워지다

482
그 뒤 세계는 고통의 아수라장이 되었다

파괴, 오염, 대량 생산과 소비, 탐욕과 부패, 음모, 익명성, 전쟁, 명예가 천지를
가스와 흙먼지로 뒤덮었다

그들은 자신을 선동하고 심화시켜 착취하면서 더 높은 차원의 메타포를 강화하고
폭력을 행사하고 있다

그들은 빠져나갈 길이 없다, 혼돈이 죽었기 때문에 다른 길을 만들고
지혜를 찾는 밀사와 세력을 가질 수 없다

위대한 영혼 제국은 너덜거리는 한 마리의 초라한 유기견 같은 지구의 궤도를 따라

수없이 지나간 그 계절의 한낮을 헐떡이며 지나가고 있을 뿐,

물소리가 들리고 새가 울고 바람이 불고 꽃은 피지만

　모두가 죽어 있다

483
　낯선 세계 속에 와 있었지만, 그것을 인식하고 기억하는 말의 인식체는 존재하지 않는다

　그들은 자신들이 선이라고 말하지만 아니다, 어느새 자신들도 모르게 꼭두각시가 되어 있다, 비극적이고 희극적이지만,

　저 미래의 어느 누구로부터도 혼돈의 향수를 맡을 수 없을 것이다

　혼돈이 살해된 현장은 무아가 지금 서 있는 이 땅이다

484
　그 혼돈을 죽인 두 임금은 누구인가, 그들은 우리의 누구인가, 아버지인가 어머니인가
　신인가, 자본인가, 욕망인가, 유희인가?

　지울 수 없는, 찾을 수 없는 미로 속에 꽃꿀을 가득 채운 영광으로

자기 죄를 삭제하고 권력을 누린 자들은 어디 있는가?

끔찍한 죽음은 깨트릴 수 없고 도달할 수 없는 허공과 금강의 벽이 되었다, 누가
그 벽면(壁面)을 손으로 짚어보랴!

485
하지만 지금도 저 남해와 북해의 아침 바다에 떠오르는 태양의 편린들은 그 먼먼 여정 앞에서 또다시

이 노래처럼 넘실거리는 먼바다의 윤슬로 반짝일 뿐이다

어떤 불안 기억을 간직한 영혼들만 그 빛을 잠시 동안만 보리!

486
이것이 그 혼돈의 죽음의 이야기의 전말이다

이것은 아무 소용이 없는 허무한 이야기의 기억일지라도 그러나 지워지지 않은 죽음의 기억이다

그때, 그는 조용히 '혼돈사(混沌死)'라 쓰고 붓을 놓았다, 만물의 마음이 이 혼돈사라는 세 글자에

새겨지는 순간이었다

487
무아는 무정물 사이에서 다시 넋을 놓고 중얼거린다

'칠일이혼돈사(七日而渾沌死)'

고요하다, 금강의 파란 하늘이 환한 마음속 살인 양 스며들
어가는 온기가 있다

488
마치 그리워지는 것 같은, 마른 땅에 눈물이 맺히는 것처럼,
다시 멈추었던 눈발이 날리기 시작하는
어린 시절의 초저녁처럼 아사마(阿娑摩, 무등)여,

그의 어깨 너머로 바라보던, 무아의 가슴에 새겨진 이 세 글
자가 장자의 마지막 마음이었다

489
돌아갈 수 없는, 가마득한 고대의 과거의 과거의 다른 남해
와 북해의 남해와 북해의 오늘의 해가 지고 있다

그리하여 우리는 다 쓰지 못하리

아무도 따라갈 수 없는 수천억 겹의 수천억 제곱의 물굽이를
타고 가더라도

장자가 「응제왕」에서 제왕(帝王)에게 고하고 응답(應答)하고
선언한 것이 무엇이었을까?
무아는 역사적으로 신화적으로 전혀 예기치 못한 파국에 다
다랐다— 아무런 이정표도 잠언도 약속도 은유도 부촉도 없는
마지막 세 글자에서 여행은 끝났다

490
지금은 과거인가, 오늘은 미래인가, 현재는 있는가? 시간은 어
디서 와서 어디로 가는가? 우리는 누구인가? 이곳은 어디인가?

무아는 혼돈이 없는 텅 빈 세계의 한쪽에서 상아(喪我)를 찾
아 떠돌지 않길 바란다

모든 것은 틈으로 지나가는 빛〔백구지각(白駒之卻)〕이다
광요(光曜, 빛)가 무유(無有)에게 당신은 있느냐고 묻자 무유
가 대답하지 않았다
죽은 장자의 말이다

바람이 지나가면 강물이 줄고〔풍지과하야(風之過河也) 유손언(有損焉)〕햇빛이 지나가면 강물이 준다〔일지과하야(日之過河也) 유손언(有損焉)〕

장자가 살았을 때 한 말이다

491

바람과 햇빛이 강물과 숲에만 지나가랴, 생명 속에만 남기랴, 기억 속에만 비추랴

그곳엔 가닿을 길 없는 영원의 기나긴 휴식이 있을 것, 동이 밝아오는 쪽으로 길을 떠나고 해가 뜰 때 사라졌을

장자의 마지막 세 글자 혼돈사(渾沌死)만 살아 있다

492

책의 문을 닫는다, "덜컹!"

그러나 "비걱" 문이 열리면, 까마득한 그 세차고 요란한 북명의 바다가 펼쳐져 있을 것만 같다

문득 의식을 깨워주고 주위를 살피면, 세상은 지나치게 밝은 곳에 도착해 있다

모든 사람이 어둠을 잃고 빛이 되었다, 그 빛을 쳐다볼 수가
없다

493
두려운 존재들이 어둠이 없는 빛 자체가 실상처럼 아니, 얼어
붙은 망자들처럼 두렵게 둘러서 있다

사람의 얼굴이 보이지 않았다, 어둠보다 캄캄한 빛 속에서 고
독한 인간의 말소리가 들려온다

"당신은 누구입니까?"

494
"나는 부끄러워하지 않고 기뻐하지 않고 두려워하지 않고 어
리석지 않았을까?"

머리에 나 있는 일곱 구멍이 파괴된 자의 영혼만이 아무도 없
는 공전과 자전을 거듭하는

어느 혹성에서,

과거와 현재, 미래 없이 떠돌고 있을 것이다

아, 그리운! 마치 지구는 자기가 불변의 고향인 양 믿고 혼명(昏明)의 티끌 속을

무하유지향(無何有之鄕)으로 방황할 것

495
입가에서 가느다란 휘파람 소리가 온 하늘의 구름을 뒤흔든다

"바다를 두려워하라, 저 은유와 예언의 남색 바다를 보라, 바다가 아니다"

붉은 해가 다시 몸과 영혼을 씻고 떠오르고 있다

다시, 필연과 행불이 있어 저 혼명의 바닷속에서 한 마리 물고기가

출생의 황홀한 염에 의해 혼자 미래 생의 고통을 받고 있지 않겠는가, 저 대붕의 전생이 곤이고 조(鯈)가 아닌가

숙과 홀 임금이 돌연한 시간을 틈타, 붕(鵬)이 깃털 속에 숨은 것일까?

496

생명이 쉬어야 하는 골의지요의 혼돈을 죽이고 문명의 빛을
누린다 한들

천양과 은혜를 다 받은 것은 아닐 터

그때, 몸 없는 한 영혼이 바닷가 모래톱에 나와 만경창파를
이별하며 어쩌지 못하고 울고 서 있을 것이다

세상에 길이 없음을, 자기 안에 길이 사라졌음을 알고

497

칠일이혼돈사는 끝이 아니고 『칠원서』의 도입부에 있는 북명
의 바다로 돌아가는 시작이었다
혼돈이 죽은 다음에 다시 새로운 세상의 바다가 열리는 곳이
저 앞에 있었다. 그곳에서 서막이 다시 열리고
「소요유(逍遙遊)」란 책의 하늘이 시작된다

곤이 붕새가 되어 북명의 바다에서 날개를 달고 구만 리
(356,500킬로미터) 장천을 날아오른다!
구만 리는 대략 달과 지구가 가장 가까워졌을 때의 거리이다

498

이미 날아올라 큰바람을 탔나니! 그리하여 다시 벌써 이 혼돈사의 끝에 다다랐다니! 오늘이 가마득한 과거가 되었다

모두가 자비이고 헌신이고 온몸을 바친 희생들,
그 날개 속에서 또 시작했던 꿈이 마지막을 맞고 다시 시작했던 그 시작이 종결되고 있는 시간

그러나 그 책은 열리지 않는다

499

이 지구,

이제 우리가 그 끝에 다다르고 있다, 기막힌 자전의 유희와 공전의 아름다움을 멀리 두고, 혼돈을 죽인 우리의 숙명은 위험하고 가혹하다

누가 그 비극적 혼돈사를 추모하며 다시 써주길 바랄 수 있겠는가?

불가하다, 아름다운 우주 자연의 대립과 균형, 조화, 그리고 살아남은 혼돈의 대붕!

무아는 아직까지 하늘과 땅에 비가 오는 오늘도 팔괘가 마음
에 너무나 아름다워, 다시 유추하고 공감하고 뒤따르며, 그 그
림의 생각을 즐길 뿐이다

500

강유(剛柔) 혹은 음양(陰陽) 즉 음효(陰爻, ― ―)와 양효(陽
爻, ―)로 불린

이 상응과 상극과 이어짐과 끊어짐의 기호들!

건(乾, 하늘, ☰) 곤(坤, 땅, ☷) 감(坎, 물, ☵) 리(離, 불, ☲)

태(兌, 늪, ☱) 진(震, 천둥, ☳) 손(巽, 바람, ☴) 간(艮, 산, ☶)

이것들을 벗으로 삼고 또 다른 나의 무아는 상상하고 그리며
살 것이다

501

말은 그러나 서 있는 것 같아도 한 번 달리면 천 리를 뛰어간
다 해도 소는 게으른 그를 싫어하고

호랑이는 새끼를 먹기 위해 새벽까지 돌아다닌다 할지라도
닭은 닭장에서 호랑이를 꾸짖고 미워한다

잠들었다가 벌떡 일어나는 아트만이여, 죽었다가 깜짝 놀라

돌아오는 무아의 영혼이여

이곳은 음양의 지구,

아무도 모르게 삶은 스스로 원진과 죽음으로써 다시 돌아오고 정화되니 이 지구를 때리지 말아주십시오!

502
나는 이 세상에 없지만, 저 세상의 현실은 이 세상의 현실 뒤에 있고 희망은 절망의 뒤 페이지에 있지 않는가?!

혼돈 살해의 두 공범자는 사라졌지만, 그 피와 영혼은 오늘도 이 지상 곳곳을 파헤치며 저주와 재앙처럼 떠돌고 있을 것이다

벗이여, 올해도 그대 눈에 가을이 왔는가, 책에 낙엽이 지고 있는가?

복희도와 문왕도와 정역도는 제대로 살피며 가고 있는가?

만상이 지나가는 가슴에 일월이 없으면 사람이 아니듯 혼돈이 없는 곳은 자연이 아니다

옛 진인들은 백 개의 뼈와 일곱 구멍, 여섯 장(藏)을 없애려

했나니

    무아여, 두려워하지 말라, 너는 과거의 미래, 미래의 과거 그 팔괘의 시간에서 살아라 🔲

과거상상 미래기억

1

46억 년 전에 지구가 지금의 반대쪽으로 자전하면서 해가 서쪽에서 떠서 동쪽으로 저물었다. 무인지경의 광음이 흐르면서 지구가 점차 미래 궤도의 위쪽으로 떠올라 공전하고 자전하면서 해가 북쪽에서 떠서 남쪽으로 졌다. 그때 8자 혹은 ∞ 궤도의 공전을 반복하면서 북극과 남극이 전도되었다. 본래는 남극이 북극이었다.

까마득한 시간이 흘러 다시 대륙과 산맥, 마그마가 쏠려 있는 동쪽으로 지구 기울기를 가지면서 지금과 같이 공전하고 동쪽을 향해 자전하면서 해가 동쪽에서 떠서 서쪽으로 지게 되었다. 어느 일몰 시각에 문득 이런 생각이 찾아왔다. 지구가 서쪽으로 공전하고 또 서쪽으로 자전할 수 있는가? 지금처럼 지구가 동쪽으로 공전하고 자전하는 것이 하등 이상한 것이 아닌 것처럼 말이다. 이런 것이 천문학상으로 가능한 것인지 불가능한 것인지는 알지 못한다. 또 그런 가불가가 증명된 것을 본 적도 없으나 무아의 마음에 이 의문은 늘 지워지지 않았다.

꿈이면 말할 것 없겠지만 지구가 꿈을 깨고 무아 역시 잠에서 깨었다 할지라도 모두 꿈과 잠이 아닐 수 없다. 그것이 아님을 풀어낼 수 없음을 장자는 만세 뒤에 대성이 있다면 풀 수 있을 불가함으로 보았다. 그것을 장자는 아침과 저녁이 만나는 것과 같다면서 조궤(弔詭, 「대종사(大宗師)」 편)라고 말했다.

세 개의 팔괘를 보고 그 자리와 위치가 일정하지 않은 것에 대해 무아는 그것들이 비대칭적 또는 초대칭적이라고 생각했다. 지구는 증명도 불가하고 상상도 어려운 대반전의 자전과 공전의 시대를 거쳤다. 어떻게 팔괘의 기호가 자기 자리를 바꾸었는지를 의문하지 않을 수 없었다. 답이 분명하다면 이런 생각을 할 필요가 없을 것이므로 이것은 활구라 할 수 있을 것이다.

예컨대 선천도에서 불(리, 離, 태양, 여름, 한낮)이 있는 동쪽의 자리(현 방위상으로 서쪽)에 후천도의 진(震, 천둥 번개 벼락, 봄, 아침)이 와 있고 선천도의 북쪽에 있는 땅(곤, 坤, 현 방위상 남쪽)이 후천도의 서남쪽(현 방위상 동북)으로 이동했다. 특히 복희팔괘에서 남쪽(현 방위상 북쪽)에 있던 하늘〔건(乾)〕이 문왕팔괘에 와서 서북쪽(현 방위상 동남쪽)으로 이동했다가 정역팔괘에 와서 북쪽(현 방위상 남쪽)으로 이동하여 자리를 잡은 것은 일대 의문이다. 어떻게 왜 그렇게 되었는지 이해해야 했다.

이 의문은 마음에 더 중요한 어떤 미지의 암시를 선물했다. 공전과 자전이 모두 바뀐 것이 아닌가 하는 꿈 같은 생각을 하며 늘 속초와 양양, 양평 등의 지방에서 일출과 일몰을 바라보았다. 누구도 생각하지 않을 이 생각이 아무렇지 않았고 생게 망게하지도 않았으며 오히려 무아에게 헤아릴 수 없는 기쁨 같은 것을 주었다. 문득 설악의 석양을 바라보고 서서 아, 저 해가 아침 해였다는 생각을 할 수 있게 했다.

　동쪽에서 새초롬히 해가 뜨면 외적 시간은 해를 따라 서쪽으로 가지만 그 해가 뜰 때 서쪽의 그림자들은 서쪽 바닥에서 작은 키를 일으켜 이미 북쪽을 거쳐 그 내면의 시간을 가지고 동쪽으로 갔듯이…… 물리적 시간은 해를 따라 미래로 가지만 영혼의 시간은 과거로 간다. 미래가 오늘로 오듯이 지금의 모든 시간은 다른 미래의 과거로 간다. 그곳이 해가 뜨는 동쪽이다. 따라서 미래로 가는 시간은 없다. 어느 메뚜기와 백일홍 머리 위를 지나가는 다른 생의 시간이 숨어 있는 것을 느꼈다.

　이것이 장자가 말한 지구의 대몽(大夢)으로 보인다. 그래서 무아는 서산 일출을 보고 환희에 젖었고 동해 일몰을 보고 전생을 기억했다. 이곳을 지나간 모든 사람이 살아나고 과거로 돌아가면서 어린 시절에 다다라 젊은 엄마의 두 팔에 안긴 초신생아 때의 자기를 지나 탄생 전으로 건너간다(?) 즉 신비한 동쪽의 수평선 과거로 가는 시간 여행이다.

　여담이지만 그것이 무아의 죽음이길 바란다. 그것은 과거란 말로 할 수 있는 시간 영역이 아니다. 모든 존재의 시간이 서쪽으로 저물어갔으므로 이제 그 모든 시간이 동쪽으로 향해 가고 있었다. 다만 얼마 전부터 복희도 위에 투명 문왕도가 놓이고 그 위에 투명 정역도가 빠르게 돌아가고 있다. 그 위에 또 다른 투명의 낯선 팔괘도가 접근하여 빠르게 돌아가고 있음을 겨우겨우 느낄 뿐이다.

2

지구가 지금의 반대 방향으로 공전할 수 없다면 지금처럼 공전하되 자전을 반대쪽으로 할 수 있지 않았을까 하는 상상도할 수 있다. 그렇다면 계절은 그대로 사계가 있되 일출과 일몰은 지금과 반대가 된다. 그러나 처음부터 지금처럼 공전하지 않았을 가능성도 배제할 순 없다. 다른 혹성의 탄생 혹은 거대 혜성과의 충돌로 지구의 운동 관성은 얼마든지 깨어질 수도 바뀔수도 있었다.

태양계의 모든 행성이 일정하게 태양에서 내다볼 때, 지구는왼쪽 방향으로 공전하고 자전하는데(태양 반대쪽에서 볼 땐 오른쪽으로 공전과 자전을 하며 지구상에서 볼 때는 동쪽으로 공전하고 자전함) 그것이 왜 꼭 그렇게 되었는가? 모든 행성과 반대로 공전하는 지구는 상상할 수 없는가? 모든 행성이 처음부터 동일한 공전 방향을 가졌는가? 처음에는 그러지 않았기 때문에 지금 이렇게 된 것이 아닐까?

사실 이런 생각은 꼭 해가 서쪽에서 떠야 했음을 강조하려는것은 아니다. 사유의 한 형식이다. 까마득한 태초의 지구 운행과 태양계의 조화가 그러했다고 현실이 바뀌는 것도 아니고 저러했다고 지구가 바뀌는 것도 아니다. 이러한 상상으로 태양계의 대변(大變)을 상상해보는 것일 뿐이다. 오히려 절대로 그런일이 일어날 수 없다는 논리 밖에서 무하유지향(無何有之鄕)의여행을 즐긴다.

한 소년이 유수지에 나와서 줄팽이를 돌리고 있었다. 줄로 꼭 꼭 감은 팽이를 손에 꽉 쥐고 있던 소년은 허리를 약간 굽혔다. 팽이를 앞으로 내던지자마자 소년은 줄을 잽싸게 강하게 당겼다. 앞으로 던져진 팽이는 소년의 허리께로 다가오면서 강하에 회전했다. 줄은 모두 풀렸고 팽이는 허공에서 홀몸이 되었다.

팽이는 빙판에 떨어졌다. 팽이는 속도를 내면서 이곳저곳을 마구 뛰면서 돌아다녔다. 잠시 뒤 안정을 찾아 한곳에 자리를 잡고 돌아가는 팽이를 보고 소년은 미소를 지었다. 팽이는 조금씩 좌우로 흔들리며 아름다운 무늬를 한껏 드러내 보여주었다. 소년은 그것이 좋아서 계속 팽이를 던졌다.

일곱 명의 아이들이 나와서 플라스틱, 쇠팽이를 줄에 감아 얼음판에 던졌다. 가지가지 혹성의 팽이별이 돌아갔다. 멈춰 쓰러지면 소년들은 다시 팽이를 줄로 감아 얼음판에 던지곤 했다. 무아에게 아이가 손에 꽉 쥐고 있던 그 줄은 아슬아슬한 기억이고 비밀이었다.

태양이 폭발했을 때, 그래서 지구의 반 크기만 하지만 일 년 길이가 거의 두 배가 되는 화성 등의 혹성들이 튀어나와 도망쳤을 때, 태양의 궤도가 한 장의 원판 위에 처음부터 일정한 공전주기 없이 천방지축으로 돌아다녔을 것이다. 연기가 가득 찬 혼돈의 태양계였고 앞으로 반드시 무아가 있을 지구도 그 안에 있었을 것이다.

이 지구는 46억 년의 긴 세월을 거쳐 지금 자기 수명을 다한 제미파류(재빠른 가을철)의 시대에 와 있다. 이미 다른 혹성 하나를 생산한 태양은 그것을 곧 토해낼지도 모른다. 지금까지 스무 차례 정도 공전했지만 태양(계)은 오리온자리의 팔 아래위를 이억 오천만 년에 한 번씩 오르내리는 공전을 계속하는 중이다.

또 언젠가는 막대나선형의 우리은하[Milky Way, 은하수(銀河水)]와 안드로메다은하가 합쳐질 때, 태양계는 충격에 빠질 것이지만 그전에 자신의 마지막 대폭발을 일으킬 가능성이 높다. 특히 사화산 같은 것이 아닌 살아 끓는 태양은 내부에서 수소 핵분열을 계속 일으키고 있다. 10억 년마다 그 밝기가 10% 증가하므로 이미 46억 년 전보다 배가 훨씬 넘는 밝기를 가지고 있어 대폭발의 임계에 다다랐다.

무아는 태양을 향해 서서 눈을 감고 그 빛보다 더 뜨거울 흑점을 감지하면서 그의 말을 듣고 싶어한다.

3

선천도와 후천도는 이 지상의 일출과 정오, 일몰, 밤, 새벽이 다가오고 지나가는 자전과 공전의 끝없는 우주 운동 과정을 매우 놀라운 시선과 위치 이동으로 그려진 것이다. 태양 쪽으로 가서 태양을 등지고 자전하고 공전하는 지구를 밖으로 내다보고 그린 우주적 상상도로 보인다.

여기서 태양과 지구 사이의 대우주 허공에 팔괘도를 올려놓고 지구 자전과 공전을 상상한다면 더할 나위 없는 환희를 느낄 수 있는바 태양계의 중심 즉 태양에서 바라보는 팔괘도의 왼쪽(우리가 지상에서 보는 팔괘도의 동쪽 즉 현 방위상으로는 서쪽)은 동쪽이 되고 오른쪽(우리가 지상에서 보는 팔괘도의 서쪽 즉 현 방위상의 동쪽)은 서쪽이 된다.

그때 지구는 동쪽으로 자전하면서 동쪽으로 공전했을까. 지금의 태양 중심의 지구 자전과 공전이 어떻게 이루어질 수 있었는지 의문이지만 불가능한 것이 아니었다. 그렇지만 이 현재의 자전과 공전도 어딘가 의심쩍은 면이 없지 않다. 따라서 과거의 자전과 공전도 이상한 것이 아니다. 놀라운 것은 팔괘도는 자기 상상으로 열 명의 어머니[십모(十母)]와 열두 아들딸[십이자(十二子)]을 낳을 수 있는 비결(祕訣)이라는 점이다. 지구 중심적이고 인간 중심적이면서도 늘 등 뒤 혹은 천공의 태양에 대한 타자 의식은 공간적 소통 관계를 가능하게 한 동양적 사유에서 비롯된 천혜라 할 수 있다.

다만 앞의 경우를 증명할 길이 없고 그것에 대해 불가함을 느낀다면 해가 서쪽에서 뜨고 동쪽으로 지는 것은 더 깊고 높고 넓은 상상이 필요한 영역이다. 그래서 팔괘의 기호가 어떻게 자기 자리를 바꾸었는지는 여전한 의문으로 남는다. 이 과거상상과 미래기억은 죽음의 입학만이 그 비밀을 증명할 수 있을는지 모른다.

삶의 마지막 극점을 통과하는 순간, 해는 서쪽에서 떠오르고 동쪽으로 해가 저무는 시간이 나타난다(?) 이것은 과학에선 있을 수 없는 일이지만 꼭 그렇지만도 않을 수 있다. 어떤 사유의 세계가 그 죽음의 바깥(현재 우리가 살고 있는 이 세계)의 감각적 육체와 자연 구조 안에 꼭 구속되어 있으란 법은 없다. 이 세계와 삶이 일부라면 그곳은 전체여야 하기 때문이다.

경이로운 일이다. 어린 시절부터 하루도 빠짐없이 평생을 보아오면서 한 번도 의심한 적 없었던 해가 늘 저물던 서쪽 산에서 떠오른다면 그리고 늘 해가 뜨던 동쪽으로 해가 진다면 말이다. 왠지 모르겠으나 산 어둠과 바다 같은 슬픔 같은 것이 밀려올 것만 같다.

이러한 이의는 태양의 변화와 지구의 역전(逆轉), 남북극의 전도에 대한 생각과 함께 46억 년 동안 지구에서 일어난 일을 우리가 감히 다 상상할 수 없기 때문에 잡는 하나의 끈이다. 삶과 자연과 태양과 무관한 것은 없다. 이것은 자궁 속의 아기가 머리를 아래(미래 출구, 출생의 시간으로 향한 자기 자리 잡기)로 이동시키는 움직임과 같다. 그 공간이 편하기 때문에 자기가 자신을 뒤집는 것이다.

지금과 같은 공전과 자전, 계절이 있었을 리가 없다. 과거엔 달이 지금보다 십만 킬로미터 더 가까이 있었고 지금보다 세 배 더 밝았다고 한다. 만월이 오면 하늘은 온통 달도 가득 찼고 밤은 은은한 대낮처럼 밝았다. 지금도 달은 조금씩 지구로부터 멀어지고 있지만 이제 흑점의 광기, 지하수와 유전 고갈, 지구 내부의 허공, 마그마의 불안정은 임계에 미쳤다. 그 바깥의 한발과 호우 등 기후 대변, 빙하의 소멸과 해수면 상승, 화덕의 남해와 수덕의 북해의 대충돌, 대도시의 하중 등과 함께 문명의 재해가 극에 달하면서 자연의 이상 반응은 다른 팔괘도를 상상하게 된다.

복희 시대의 찬란한 봄의 창조를 거쳐 문왕 시대의 두덕기가 나타나는 천양(개화기) 시절을 지나 물불을 안 가리는 태충막승의 한때를 보내고 우리는 습회의 춥고 어두운 시대로 접어들었다. 지구와 인류가 얼음과 흙, 암석이 끓는 탕화(湯火)의 시대 속에서 가장 밝은 눈과 빛의 짧은 한 시절을 구가하고 있다. 태양계에서 살혼(殺混, 혼돈사)한 인간은 과연 변명하지 않아도 되며 태양제를 올리지 않아도 되는 존재인지 아무래도 무아는 의아스럽다.

단지, 무아는 열자처럼 못 할지라도 사후에 아무렇지도 않게 어느 낯선 시공의 생에서 서출동몰(西出東沒) 속의 그 시간과 지구의 그림자처럼 가고 있을 것 같다. 아마도 우주 자연에 지구적 물리적 시공간의 작동이 아닌 다른 차원의 영혼의 세계가 있다면 그런 일쯤은 아무렇지도 않을 것 같다. 어떤 의심과 불안 없이 그대로 기쁘게 이미 받아들이고서 어딘가를, 내가 아니라면 한 입자의 빛으로라도 지나가고 있지 않을까 싶다. 그러면서 무아는 이미 그 지상적인 것들을 기억하지 않을 것 같다.

4

아직 없는 팔괘도는 무아에게 계속해서 서방일출(西方日出)과 동방일몰(東方日沒)을 꿈꾸게 한다. 이 상상과 기억 자체가 현행의 동출서몰(東出西沒)과 공전을 새롭게 바라보게 된다는 점에 의미와 환기가 있다. 과거상상과 미래기억의 이것이 현실 천문학에 대한 역(逆) 정위(定位)라 할 수 있다. 아무래도 나의 영혼은 자리를 바꾸고 싶어 하는 것 같다. 무아는 아무도 믿지 않는 것을 상상하고 그래서 아무에게도 묻지 않고 말하지 않는다.

무아는 작게는 대기권의 우주 바깥으로 대기가 모두 빠져나가면 대파국이라 생각한다. 지구는 멀리 추방되어 다행히 목성의 96번째 위성이 될 수도 있겠지만 불타 없어질 수 있다. 우리의 모든 일상은 한순간에 끝나고 티끌처럼 사라진다. 그런데 그 대기란 것은 지구가 출생할 때 아주 거대한 공기의 혹성 속으로 뛰어들어가 세포막을 형성한 것일 수 있다. 자칫 그것이 오염되어 오존층처럼 박리(剝離)되어 찢어지고 뚫린다면 대기는 모두 우주 속으로 빠져나갈 것이다.

화성과 지구와 태양은 일 열로 줄 설 때가 있지만 수성부터 해왕성까지의 여덟 개 행성이 모두 일렬로 줄 서거나 놓여질 때, 태양은 스스로 화염의 불을 끌 것이다. 그 뒤로 인간의 재창조와 유전자 성립, 남녀, 출생 같은 것은 상상할 수 없다. 그것은 태양계가 감추고 꿈꾸어온 팔괘도의 꿈일지 모른다.

별로 큰 별이 아닌 태양은 한 줌의 재를 뿌리며 사라질 수 있다. 하물며 지구의 대륙이며 바다, 산, 나라, 도시, 군사시설, 생명체는 말할 것도 없다. 이미 그것들은 존재하지 않는다. 고독한 지구와 인류는 그날 전까지 분이봉재하고 남에게 해를 주지 않으며 자기 생을 잘 가꾸어 그 끝을 꼭 마무리해야 한다. 무아가 그 이후에서 지금을 바라볼 때, 꿈과 허상일망정 지구는 찬란하고 슬픈 곳이다.

이 모든 것이 그럴 수 있거나 그렇지 않거나 간에 팔괘도의 방위대로 현재의 서쪽이 동쪽이고 현재의 동쪽이 서쪽이었다.

달리 말하면 지금의 해가 뜨는 동쪽이 본래 서쪽이었고 지금의 해가 지는 서쪽이 본래의 동쪽이었다. 그래서 세 팔괘도에 동쪽이 왼쪽에 있고 서쪽이 오른쪽에 있다. 팔괘도가 무아에게 그렇게 말하고 있다.

지구가 뒤집힌 것일 수도 있고 팔괘가 자리를 바꾼 것일 수도 있다. 현자들이 공전과 자전을 그대로 두고 사유의 배를 갈아탄 것으로 보인다. 이 상상과 기억은 막힌 의문의 과거를 다시 열어 준다. 내 몸이 팔괘도가 될 수 있고 어느 고층빌딩의 화장실에서 거울을 보고 있는 타자일 수 있고 거울 속에서 이 세상을 내다보는 그 무엇일 수도 있다. 무아라고 해서 죽음 속에서 마음대로 움직이는 팔괘도를 상상하지 말라는 법은 없을 것이다.

무아는 팔괘도를 밟고 건너 뛰어다니면서 5(五)라는 숫자 속에 숨어 나오지 않을 수도 있다. 이런 광막한 사유도 저 아래쪽 혹은 저쪽이라고 하는 지구 현실 속에서 나누는 언어의 한 풍경이다. 그토록 지구적인 것들과 떨어지고 떨어뜨리려는 영혼의 작용일지 모른다. 저 우주 자연의 소리와 모양은 그것들이 만나 일가를 이룬 모음과 자음의 언어, 즉 그 음가와 가락, 감정, 뜻과 다르지 않을 것이다.

무아는 내 곁에서 햇빛을 받는 먼지처럼 어디선가 떠돌고 있거나 가재와 여치, 산도라지꽃, 떡갈나무 잎처럼 숨어서 조심스럽게 살고 있을 것이다. 이곳에서 아무리 바쁜 나날을 지혜와 과학의 알아차림으로 광속처럼 산다 해도 삶은 우리은하의 오리온자리 나팔선에 의지해서 남쪽의 겨울 천공에 겨우 붙어 있는 작고 슬픈 태양족의 거미줄이다.

물끝에 새침이 떠오르는 프리즘의 아침 해처럼 가당치 않은 듯한 이 과거상상과 보여줄 수 없는 미래기억이 먼저 무아의 마음에 위로가 되길 바란다. 지구와 같은 속도로 자전하기 때문에 달의 뒷면을 볼 수 없는 무아는 일몰의 해를 한눈에 잡아보지만 태양에게 이 무아는 보이지 않을 것이다.

부언(附言)

과보(夸父)의 추모와 열자의 일이시종(一以是終)

끝으로 욕추일경(欲追日景)한 과보와 일이시종(一以是終)한 열자를 추모한다.

과보(夸父)의 추모

이 시의 서부 주에서 밝힌, 절대주의에 대항하고 자연을 탐구하는 불굴의 거인 정신을 지닌 그리고 선하며 우직하고 약자의 편에서 서로 돕기를 원했던 과보에 대한 기억을 더듬는다.

과보족은 북방의 대황(大荒)에 있는 성도재천산(成都載天山)에서 살고 있었다.

그 동쪽에 살고 있던 과보는 문득 처음 깨어난 것 같았다. 하늘을 보니 어제의 그 지루한 하늘이 아니었다. 청천에 해가 지나가고 있었다.

갑자기 그는 그 해를 잡고 싶었다.

그때 그는 낯설고 새로운 과보가 되어 있었다.

그러기 위해선 해를 향해 뛰어야 했다[욕추일경(欲追日景)].
그는 벌떡 일어나 지팡이를 움켜쥐었다. 귀와 몸에 걸려 있는 네 마리 미끄럽고 강한 힘을 가진 뱀이 용을 쓰며 머리를 쳐들었다.

지팡이가 서쪽을 가리켰다. 과보는 지팡이가 알려주는 방향으로 하늘에 떠가는 해를 향해 뛰기 시작했다. 해를 향해 뛰는 마음은 찬란한 마음을 얻기 위한 뜀이었다.

과보는 해외북경(海外北經)의 동쪽에 있는 나라부터 즉 섭이국(攝耳國)을 지나 무장국(無腸國), 심목국(深目國), 유리국(琉璃國), 일목국(一目國), 무계국(無啓國)을 지나쳐 종산(鍾山)과 장고(長股, 큰넓적다리, 이곳은 북과 붙어 있는 서쪽으로 해외서경에 속한다)로 뛰어갔다. 그는 신기한 그 여러 나라에 들를 마음과 겨를도 없었다. 오직 태양을 잡은 것만이 그의 목적이었다.

그는 기울어가는 해를 향해 오직 서쪽으로 서쪽으로 뛰었다.

얼마 뒤 우곡〔禺谷, 우연(虞淵)〕에 다다랐다. 그곳은 해가 지는 곳이었다.

사실 과보는 여기서 일차적으로 해가 지는 곳엔 도착한 셈이었다. 그래서 산에 지는 그 해를 잡을 수 있다고 생각했다. 그러나 그것은 착각이었다. 진짜로 해가 지는 곳이 아니었다.

과보는 우곡에서 하루를 묵었던 것으로 보인다.

아무리 생각해도 자기 손엔 해가 없었고 해는 서쪽으로 넘어가고 없었으며 천지는 어둠 속에 파묻혀 적막했다.

진짜로 해가 지는 곳에 다다라야만 해를 잡을 수 있다고 생각하고 그는 다음 날 아침 일찍부터 다시 뛰기 시작했다. 황하와 위수에 다다른 그는 목이 말라 그 물을 다 마셔버렸다.

그래도 갈증은 가시지 않았다.

과보 저 강물 바닥에 번들거리는 태양은 태양이 아니다. 태양의 그림자다.

남은 물이 바위 사이의 맨바닥으로 흘러가는 것을 바라보는 그의 마음속은 알 수 없는 갈망으로 가득 찼다. 도대체 과보의 그 갈망은 무엇일까? 누구를 위한 갈망일까?

그런 생각조차 없이 과보는 진짜 태양을 손에 잡기 위해 쉬지 않고 뛰고 뛰고 또 뛰었다. 자신이 인정하는 태양을 잡고 싶었다. 발이 부르트고 입에서 단내가 나고 온몸이 땀으로 젖었다.

그때, 지팡이가 말했다

지팡이 나의 과보여, 이제 서쪽으로 가지 말라. 북쪽으로 가서 대택(大澤)을 찾아라. 모든 사람이 있는 곳에 해가 지지만 그곳은 진짜 해가 지는 곳이 아니다. 북쪽으로 올라 서라!

과보는 강가에서 다시 지팡이가 알려준 북쪽을 향해 어제처럼 멈추지 않고 뛰어갔다. 그는 간절하게 태양을 손에 쥐고 싶었다. 그것은 적어도 자신과 모든 사람과 생명체들의 갈망이었다.

그가 아무 고통 없이 뛰었을 리가 없다.

태양은 헐레벌떡 뛰어가는 과보를 향해 폭양의 화살을 쉴 새 없이 쏘아댔다. 아무리 거인이라도 위험한 폭양이었다.

그는 문득 해를 쳐다보고 저것을 잡을 수 없을 것 같다는 회의가 들었지만 체머리 흔들면서 다시 뛰기 시작했다

과보 나는 아무도 가지지 못하는 저 해를 가지고 싶다! 나는 아무도 가지지 못하는 저 해를 가지고 싶다! 나는 아무도 가지

지 못하는 저 해를 가지고 싶다!

　그는 더 빨리 지팡이가 가르쳐준 북쪽으로 뛰었다. 지팡이 끝은 땅에 닿자마자 과보의 발보다 먼저 땅에서 떨어지면서 북쪽을 가리켰다. 혹시 그 북쪽은 지팡이가 꿈꾸던 곳이 아니었을까?

　귀와 몸에 걸려 있던 네 마리의 신비로운 뱀도 지쳐가고 있었다. 자칫하면 목과 귀에 걸려 있던 뱀이 풀려서 땅바닥으로 떨어질 것 같았다. 게다가 길을 알려주고 힘을 돋아주던 지팡이까지 무겁게 느껴졌다.

　그러나 북쪽으로 멀리 올라가면 태양이 계속 하늘에 머물러 있는 시간이 길 것이라는 믿음이 그를 마지막까지 뛰고 뛰게 했다.

　사방이 천리라는 북쪽의 안문산(雁門山, 기러기산) 너머에 있다는 대택〔大澤, 한해(瀚海)〕을 찾아 뛰었지만 대택에서 내려와야 할 한줄기 물조차 보이지 않았다.

　그런데 대택은 어디 있는 것일까? 대택은 이름만 있고 없는 것일 수도 있었다. 현재의 지도를 살펴보면 중국의 먼 서쪽에서 발해만으로 뚫린 동잉(東씁) 시로 향하는 기나긴 황하(黃河)와 관련이 있을 것이다

　대택은 청해호(青海湖, 칭하이 호, Chinghai Lake)나 더 먼 서쪽의 찰육호(扎陸湖, 자링호, Zhaling Lake)와 이 호수 동쪽에 있는 악육호(鄂陸湖, 엘링호, Eling Lake)일 수도 있다.

　자링호 서쪽에 황허의 발원지 마용(Mayong, 瑪涌)이 있고 청해호에서 속초 거리쯤 되는 북쪽에 바이칼호가 있다.

절망이었다. 이미 모든 곳곳의 서쪽에선 해가 떨어지고 있었을 것이다.

모래바람이 날리는 황야에서 과보는 앞을 볼 수가 없었고 더 이상 걸을 수가 없었다. 땅에서 과보의 발이 떨어지질 않았다.

과보는 쓰러졌다.

그러자 곧장 폭풍이 일고 온산이 진동하며 흙먼지에 뒤덮였다.

그때 과보는 코앞의 흙내를 맡으며 절망 앞에서 더 커다란 갈망의 세계를 열었다. 신비한 과보의 마음이었다.

그것은 반고의 마음과 같은 마음이었다.

갈증과 과로로 그는 죽으면서 마지막에 그냥 죽을 수가 않았다.

궁발의 대황지에 지팡이를 힘껏 던졌다. 그때 지팡이가 마지막 힘을 다하여 과보 대신 땅에 꽂혀 바로 섰다. 그때 뱀도 함께 그의 몸에서 떨어져 지팡이를 향해 달려갔을 것이다.

지팡이에서 두 그루의 복숭아나무 싹이 터져 나왔다.

시간이 흐르면서 두 그루의 복숭아나무는 마침내 황무지를 울창한 복숭아나무 숲으로 만들었다. 일종의 과보가 죽으면서 궁발지를 개척한 복숭아나무의 도원(桃原)이었다.

대택의 이상향이여, 너는 어디서 갈증에 지친 우리를 기다리고 있는가. 과보 앞에 나타나지 않았지만 과보는 죽으면서 복숭아나무 과원을 만들었다.

열자의 일이시종(一以是終)

칠일이혼돈사 앞에 호자(壺子)가 계함〔季咸, 정나라 신무(神

巫)]을 통해 습회(濕灰), 천양(天壤), 태충막승(太冲莫勝), 제미파류(弟靡波流)의 네 가지의 상을 보여주자 절망하고 귀가한 열자(列子)에 대한 장자가 남긴 짧은 행장이 있다.

열자는 학의 근본[시학(始學)]에 이르지 못하고 귀가하여 삼년 동안 바깥출입을 하지 않았다[삼 년 불출(三年不出)].

아내를 위하여 밥을 짓고[위기처찬(爲其妻爨)] 돼지치기를 사람 먹이듯 하며[사시여사인(食豕如食人)] 귀애의 편듦이 없었다[무사여친(事無與親)].

열자는 소박함으로 돌아와 새기고 쪼아서[조탁복박(雕琢復樸)] 괴연히 홀로 그 모습을 세웠다. 밖이 어지러웠지만 안을 봉합하고 오직 이로써 생을 마쳤다[분이봉재(紛而封哉) 일이시종(一以是終)].

然後列子自以爲未始學而歸 三年不出 爲其妻爨 食豕如食人 於事無與親 雕琢復樸 塊然獨以其形立 紛而封哉 一以是終

장자는 말할 것도 없지만 이로써 열자는 돼지와 아내와 함께 살아 있는 혼돈이 되어 서로의 혼돈을 위하다가 죽어 혼돈으로 돌아갔다.

장자는 열자의 죽음 뒤에 이러한 말을 남겼다.

명예를 위해 죽지 말라. 도모를 위한 밀실이 되지 말라.

일을 위해 책임을 맡지 말라. 지혜를 위한 주인이 되지 말라.

육체를 다하여 무궁하여라. 흔적 없이 노닐어라. 하늘로부터 받은 그것을 다 소진하라. 그래서 앎을 얻었다 하지 말라. 오직 자신을 비우고 그쳐라.

지인의 마음의 작용은 거울과 같다. 보내지도 않고 맞이하지도 않는다. 응하되 감추지 않는다.

그러므로 얼마든지 사물을 넘어서도 다치지 않는다.

無爲名尸 無爲謀府 無爲事任 無爲知主 體盡無窮 而遊無朕 盡其所受乎天 而無見得 亦虛而已 至人之用心若鏡 不將不迎 應而不藏 故能勝物而不傷

이 장자 진지가 어떤 팔괘의 대변도 상상도 징후도 피해서 올라탈 수 있는 장자의 사무위(四無爲)이다.

현자는 지구와 세상을 바꾸려 하지 않고 한쪽에서 다만 자기를 지켜 분이봉재할 뿐이다. 자휴(子休, 장자)는 진인을 찾았고 진인은 혼돈이었으며 혼돈은 죽었다.

그 후, 2,400년이 흘러갔다.

그러기에 우리는 더 잘 살아야 하지만 지구와 삶, 자연, 평화는 난처에 이미 들어서서 우리는 지금 황금의 과거로 돌아 나갈 수가 없게 되었다.

눈 내려 얼어붙은 창밖, 노란 솔잣새 한 마리가 남천나무 빨간 열매를 건들고 울타리 사이를 빠져 날아간다 🔚

고형렬(高炯烈) 장시(長詩)

칠일이혼돈사
七日而渾沌死

1판 1쇄 발행	2024년 12월 31일
지은이	고형렬
발행인	윤미소
발행처	(주)달아실출판사
책임편집	박제영
기획위원	박정대, 이홍섭, 전윤호
편집위원	김선순, 이나래
디자인	전부다
표지디자인	고키
법률자문	김용진, 이종진
기획위원	박정대, 이홍섭, 전윤호
주소	강원도 춘천시 춘천로 257, 2층
전화	033-241-7661
팩스	033-241-7662
이메일	dalasilmoongo@naver.com
출판등록	2016년 12월 30일 제494호

ⓒ 고형렬, 2024
ISBN 979-11-7207-040-3 03810